戦火のあとで

戦争がわたしたちを見つめている

戦争文学セレクション

宮川健郎――編

［カバーイラスト］今日マチ子

汐文社

目次《もくじ》

川《かわ》とノリオ

いぬいとみこ

町《まち》はずれをいく、いなかびたひとすじの流《なが》れだけれど、その川《かわ》はすずしい音《おと》をたてて、さらさらとやすまず流《なが》れている。日《ひ》の光《ひかり》のチロチロゆれる川《かわ》ぞこに、茶《ちゃ》わんのかけらなどしずめたまま。

春《はる》にも夏《なつ》にも、冬《ふゆ》の日《ひ》にも、ノリオはこの川《かわ》の声《こえ》をきいた。

かあちゃんの生《う》まれるもっとまえ、いや、じいちゃんの生《う》まれるもっとまえから、川《かわ》はいっときのたえまもなく、この音《おと》をひびかせてきたのだろう。山《やま》の中《なか》できくせせらぎのような、なつかしい、むかしながらの川《かわ》の声《こえ》を——

早春《そうしゅん》

あったかいかあちゃんのはんてん*の中《なか》で、ノリオは川《かわ》のにおいをかいだ。

かあちゃんの手《て》が、せっせとうごくたびに、はんてんのえりもともせわしくゆれて、ほっぺたの上《うえ》のなみだのあとに、川風《かわかぜ》がすうすうとつめたかった。

川《かわ》っぷちのわかいヤナギには、銀《ぎん》いろの芽《め》がもう大《おお》きかった。

赤《あか》んぼのノリオのよごれものをあらう、あったかいかあちゃんのせなかの中《なか》で、ノリオは川《かわ》のにおいをかいだ。土《つち》くさい、春《はる》のにおいをかいだ。

＊

ススキの穂《ほ》が川《かわ》っぷちで旗《はた》をふった。ふさふさゆれる三角旗《さんかくき》*を。スス

はんてん　仕事用《しごとよう》、防寒用《ぼうかんよう》の和服《わふく》の上《うわ》着《ぎ》。子《こ》どもを背負《せお》うときには、その上《うえ》から羽織《はお》る綿入《わたい》りのもの。

三角旗《さんかくき》　細長《ほそなが》い三角形《さんかっけい》の小《ちい》さな旗《はた》。

キの銀《ぎん》いろの旗《はた》の波《なみ》と、*まっ白《しろ》いノボリに送《おく》られて、ノリオのとうちゃんは、いってしまった。

くらい停車場《ていしゃば》の待合室《まちあいしつ》で――とうちゃんのかたい手《て》のひらが、いっときもおしいというように、ノリオの小《ちい》さい足《あし》をさすっていたっけ。

とうちゃんをのせていった貨物列車《かもつれっしゃ》の、馬《うま》たちの*かいばの*すえたにおい。

ススキはそれからも川《かわ》っぷちで、白《しろ》く*ほほけた旗《はた》をふり、――かあちゃんとノリオは橋《はし》の上《うえ》で、夕《ゆう》やけ空《ぞら》をながめていた。くれかけた町《まち》の上《うえ》のひろいひろい空《そら》。かあちゃんの日《ひ》にやけたほそい手《て》が、きつくきつくノリオをだいていた。

ぬれたようなかあちゃんの黒目《くろめ》にうつって、赤《あか》トンボがすいすい飛《と》んでいった。川《かわ》の上《うえ》をどこまでも飛《と》んでいった。

まっ白《しろ》いノボリ　兵士《へいし》が軍隊《ぐんたい》に入《はい》るときや戦地《せんち》に行《い》くときに立《た》てた旗《はた》。兵《へい》士《し》を見送《みおく》る際《さい》などに使用《しよう》された。

かいば　馬《うま》や牛《うし》のえさとする牧草《ぼくそう》や干《ほ》し草《くさ》、わらなど。

すえた　食《た》べ物《もの》が腐《くさ》ってすっぱくなること。ここでは、いやなにおいを意《い》味《み》する。

ほほけた　けばだっている様子《ようす》。

また早春《そうしゅん》

(おいで、おいで。つかまえてごらん。

わたしは、だあれにもつかまらないよ)

川《かわ》の水《みず》がノリオをよんでいる。白《しら》じらと波立《なみだ》ってわらいながら。

ノリオのあたらしいクリのげたが、かたいっぽう、ぷっかりと水《みず》に浮《う》いた。じいちゃんの手《て》づくりのクリの木《き》のげた……。

げたは、ぷっかぷっか流《なが》れだす。くるくるまわって流《なが》れていく。ノリオの知《し》らない川《かわ》しもさして。

ノリオはもうかたほうのクリのげたも、むちゅうで川《かわ》の上《うえ》になげてやった。げたは新《あたら》しいうらを見《み》せて、なかまのあとをおっかけていく。

くるくる、かっぷりこと浮《う》かんだまま。

(おいで、おいでよ。おまえもおいで。

わたしは、だあれにもつかまらないよ）

川《かわ》はますます白《しろ》い波《なみ》をたてて、やさしくノリオによびかける。

ノリオのはだしのかた足《あし》が、ボチャリとすきとおった水《みず》にはいる。ひやっとつめたい三月《さんがつ》の水《みず》。

冬《ふゆ》ズボンのすそをたくしあげて、ノリオは川《かわ》をわたりだす。三月《さんがつ》の川《かわ》のつめたさに、キャッキャッとひとりわらいながら。

川《かわ》はいつのまにかわらいをやめて、ひたひたとノリオをとりまいた。あとからあとから流《なが》れよせる銀《ぎん》いろの水《みず》のまんなかで、ノリオは、はっと立《た》ちすくむ。

ザアザアとおしよせてくるこわい川《かわ》。川《かわ》はいまノリオをおし流《なが》して、川《かわ》しもへさらっていくのではないか。ノリオのクリの木《き》のげたのように。

おびえてわあっと泣《な》きかけるとき、だれかの手《て》がノリオのからだをひ*っとらえ、あんぜんな川《かわ》っぷちのすなの上《うえ》に、ノリオはぶじにひきあげられる。

流《なが》したはずのクリのげたも、ちゃんと二《ふた》つ、川《かわ》からとりもどされ、ノリオは小《ちい》さいおしりのは*たに、かあちゃんのおしおきをうんともらう。

（ノリオ、ノリちゃん、このわるぼうず。こんど川《かわ》へなんぞはいったら、このおしりにヤ*イトをすえてやろ……）

川《かわ》はしばらくだまっている。

泣《な》いてる子《こ》どもなんか知《し》らないよ。というように、だいこんのかれっぱを浮《う》かべながら、す*ましこんでさらさら流《なが》れていく。

かあちゃんは「ハ*イキュウ」によばれていった。

ノリオは、しおっからいなみだのつぶを、ひりひりする手《て》のこうでふいてしまった。

ひっとらえ　しっかりとつかまえて。

はた　端《はし》。はしっこ。

ヤイトをすえて　灸《きゅう》をすえて。きつくしかること。

すましこんで　落《お》ち着《つ》いているふりをして気取《きど》っている様子《ようす》。

ハイキュウ　配給《はいきゅう》。数《かず》が不足《ふそく》している物資《ぶっし》などを国家《こっか》が一定量《いっていりょう》ずつ消費者《しょうひしゃ》に売《う》ること。米《こめ》や砂糖《さとう》などが配給《はいきゅう》となった。

川《かわ》はまた、キラキラわらいだす。わらってノリオにさそいかける。
（おいで、おいでよ。つかまえてごらん。
おまえのげたの舟《ふね》、流《なが》してごらん）
げたはまた、くるくる流《なが》れていき、もういちど川《かわ》の中《なか》に立《た》ちすくんだ
ノリオのからだは、ふいにまたあらわれたかあちゃんの手《て》で、川《かわ》っぷち
のすなの上《うえ》につれもどされる。
おしりのはたのおしおきも、もういちど。

…………………………

川《かわ》と、ノリオと、かあちゃんの、こんなひとつづきの「追《お》いかけっこ」
は、戦《たたか》いの日《ひ》のあいだつづいていた。
かあちゃんは日《ひ》に日《ひ》にやつれたが、ノリオはなにも知《し》らなかった。
あったかい春《はる》の日《ひ》ざしをあびて、川《かわ》と一日《いちにち》じゅうあそんでくらす、ノリ
オは小《ちい》さい神《かみ》さまだった。金《きん》いろの光《ひかり》につつまれた、しあわせな二歳《にさい》の

神《かみ》さまだった。

夏《なつ》

かなしそうな役場《やくば》のサイレンが、とぎれとぎれにほえだすと、この町《まち》にはなにごともなくっても、ノリオたちは、あなぐらにはいらなければならない。

セミの声《こえ》も川《かわ》の音《おと》もきこえない、しめっぽい防空壕《ぼうくうごう》のくらやみで、ノリオは出《で》たい、とぐずって泣《な》いた。

ふとおしつけたかあちゃんの胸《むね》が、とっきんとっきん、なっていたが、ノリオはあなぐらの息《いき》ぐるしさに、あばれて出《で》たいと泣《な》きたてた。

かあちゃんと、やっと出《で》てみた青空《あおぞら》には、ふしぎなものが生《う》まれていた。キラリ、キラリ、遠《とお》くなる光《ひかり》の点《てん》。そのあとに、せんに*見《み》たとうちゃんのタバコのけむりのような、白《しろ》いすじがスルスルと生《う》まれてい

せんに　以前《いぜん》に。

た。

さざ波《なみ》のあとのようにいくすじか、空《そら》のはてにならんでいるのもあった。

「B29*……」小声《こごえ》でかあちゃんがいう。

ノリオは空《そら》のふしぎな雲《くも》と、ずきんの中《なか》のかあちゃんのひきしまった横顔《よこがお》を見《み》くらべていた。なぜかセミの声《こえ》はやんでいて、川《かわ》の音《おと》だけがはっきりときこえていた。

八月六日《はちがつむいか》

かあちゃんが、お米一升*《こめいっしょう》とかえてきたノリオの黒《くろ》いゴムぐつを、川《かわ》はたぷたぷ流《なが》していった。

ノリオのまっさらのムギワラぼうしも、川《かわ》はぷかぷか流《なが》していった。

ノリオの黒《くろ》いパンツまで、川《かわ》は流《なが》してしまったが、すぐにそんなものを

B29 第二次世界大戦《だいにじせかいたいせん》で使用《しよう》されたアメリカの大型長距離爆撃機《おおがたちょうきょりばくげきき》。日本《にほん》の各都市《かくとし》への爆撃《ばくげき》や、広島《ひろしま》・長崎《ながさき》への原爆投下《げんばくとうか》にも使用《しよう》された。
一升《いっしょう》 容量《ようりょう》の単位《たんい》。一升《いっしょう》は一合《いちごう》の10倍《ばい》。約《やく》1.8L。

とりもどして、ノリオのおしりにおしおきする、かあちゃんがきょうは、こなかった。

黒《くろ》いゴムぐつは帰《かえ》ってこない。

ムギワラぼうしも帰《かえ》ってこない。

黒《くろ》いパンツも、いったきり……

＊

ノリオはあそびつかれていた。

あさのうち、ドド……ンとひびいた何《なに》かの音《おと》に、一《いっ》ぺんだけじいちゃんにつれもどされたほかは、一日《いちにち》じゅう川《かわ》の中《なか》にノリオはいた。

ねむたく、くらいような目《め》のまえに、アカやアオの輪《わ》がぐるぐるする。

夕《ゆう》ぐれの川《かわ》はまぶしかった。

ノリオはなまぬるい水《みず》の中《なか》を、つかれはててジャブジャブわたりながら、ざあざあ高《たか》まる川音《かわおと》の中《なか》に、ただ、かあちゃんをまっていた。

なにもかも、よくしてくれるかあちゃんのあの手《て》。ぴしゃり、とおしりをぶつ、あったかいあの手《て》……

＊

夜《よる》がきて、ノリオは家《いえ》へ帰《かえ》ったが、かあちゃんはもどってはいなかった。

近所《きんじょ》の人《ひと》が、せわしく出入《でい》りする。おそろしそうな、人《ひと》びとのささやきの声《こえ》。

ノリオの家《いえ》のかあちゃんは、この日《ひ》のあさはやく汽車《きしゃ》にのって、ヒロシマへ出《で》かけていったという。

＊黒《くろ》いきれをたらした電灯《でんとう》の下《した》に、おとなたちの話《はなし》がつづいていた。じいちゃんが、夜《よる》おそく出《で》かけていった。

黒《くろ》いきれをたらした電灯《でんとう》　灯火管制《とうかかんせい》のこと。敵《てき》が空襲《くうしゅう》したときの目標《もくひょう》にならないよう、光《ひかり》を家《いえ》の外《そと》にもらさない決《き》まりになっていた。

お盆《ぼん》の夜《よる》（八月十五日《はちがつじゅうごにち》）

まえに死《し》んだ、ばあちゃんの仏《ぶつ》だんに、あたらしい盆《ぼん》ぎょうちん*がさがっている。

じいちゃんはキセル*をみがいている。ジューッとやけるくさいヤニのにおい。

ときどき、じいちゃんの横顔《よこがお》が、へイケガニ*のように、ぎゅっとゆがむ。ごましおのひげ*がかすかにゆれて、ぽっとり、ひざにしずくがおちる。

*

かあちゃんのもどってこないノリオの家《いえ》。

じいちゃんがノリオのぞうすいをたいた。

ぼうっと明《あか》るいくど*の火《ひ》の中《なか》に、げたつくりのじいちゃんのふしくれ*

盆《ぼん》ぎょうちん　7月15日《がつにち》を中心《ちゅうしん》に行《おこな》われる先祖供養《せんぞくよう》の仏事《ぶつじ》「盂蘭盆《うらぼん》」でつるすちょうちん。

キセル　刻《きざ》んだ葉《は》たばこを詰《つ》めて吸《す》う道具《どうぐ》。

ヘイケガニ　甲羅《こうら》の幅《はば》が約《やく》2cmのカニ。甲羅《こうら》が怒《おこ》ったような人《ひと》の顔《かお》に見《み》えることから、平家《へいけ》の亡霊《ぼうれい》が乗《の》り移《うつ》ったものだという伝説《でんせつ》がある。

ごましおのひげ　黒《くろ》い毛《け》と白《しろ》い毛《け》がいりまじったひげ。

くど　かまど。

ふしくれ　手《て》や指《ゆび》などの筋《すじ》や関節《かんせつ》が盛《も》り上《あ》がってごつごつしている様子《ようす》。

だった手《て》が、ぶるぶるふるえて、まきを入《い》れる。
ぼしゃぼしゃと白《しろ》くなった、じいちゃんの髪《かみ》。
ノリオは、じいちゃんの子《こ》になった。タバコくさいじいちゃんにだかれてねた。

また秋《あき》

あらしがすぎた。
川《かわ》っぷちの雑草《ざっそう》のしげみのかげで、コオロギがひるまも、リリリリとないた。
ススキがまた、銀《ぎん》いろの旗《はた》をふり、とうちゃんが戦地《せんち》から帰《かえ》ってきた。
とうちゃんは小《ちい》さな箱《はこ》*だった。
じいちゃんが、う、うっと、キセルをかんだ。
川《かわ》が、さらさらとうたっていた。

小《ちい》さな箱《はこ》　遺骨《いこつ》や遺品《いひん》を入《い》れた小《ちい》さな箱《はこ》のこと。「白木《しらき》の箱《はこ》」と呼《よ》ばれた。戦死《せんし》したことを意味《いみ》する。戦争《せんそう》が激《はげ》しくなると遺骨《いこつ》を収集《しゅうしゅう》できず、砂《すな》や石《いし》が入《はい》った箱《はこ》が遺族《いぞく》に届《とど》けられることもあった。

冬《ふゆ》

こおりつくような*ナマリいろの川《かわ》。川《かわ》っぷちをはしる*からっ風《かぜ》が、*ひび、にしみる。

電線《でんせん》はヒューンと泣《な》いているが、ノリオの家《いえ》のアヒルっ子《こ》は、元気《げんき》だぞ。

ノリオの家《いえ》の白《しろ》い二羽《にわ》のアヒルは、川《かわ》の中《なか》でおよぎの競争《きょうそう》だ。

ナマリいろの中《なか》の生《い》きた二点《にてん》。

じいちゃんは工場《こうば》へかよっている。べんとうをもって、まいにち、からっ風《かぜ》の中《なか》を。

＊

川《かわ》っぷちにはもう青《あお》い*イヌフグリがさいて、タカオがとうちゃんとじ

ナマリいろ　鉛《なまり》のような青《あお》みがかった灰色《はいいろ》。

からっ風《かぜ》　乾燥《かんそう》したつめたい風《かぜ》。

ひび　寒《さむ》さや乾燥《かんそう》によって皮膚《ひふ》が荒《あ》れてできる細《こま》かい裂《さ》け目《め》。

イヌフグリ　直径約《ちょっけいやく》4mm の小《ちい》さな花《はな》。土手《どて》や道端《みちばた》に生《は》える。

てんしゃでとおる。

タカオはじてんしゃのうしろでわらってたぞ。大《おお》きな、たのもしそうな、タカオのとうちゃん。

ノリオは、川《かわ》っぷちのかれくさの中《なか》で、もうじきくる春《はる》を待《ま》っている。

また、八月《はちがつ》の六日《むいか》がくる

さらさらとすずしい瀬《せ》の音《おと》*をたてて、きょうもまた川《かわ》は流《なが》れている。

川《かわ》の底《そこ》からひろったびんのかけらを、じいっと目《め》の上《うえ》にあてていると、ノリオの世界《せかい》はうす青《あお》かった。

ギラギラ照《て》りつける真夏《まなつ》の太陽《たいよう》も、銀《ぎん》いろにキラキラ光《ひか》るだけ。

＊

いくたび目《め》かのあの日《ひ》がめぐってきた。

まぶしい川《かわ》のまんなかで、かあちゃんを一日《いちにち》じゅう、待《ま》ってたあの

瀬《せ》の音《おと》　浅瀬《あさせ》を流《なが》れる川《かわ》の音《おと》。

日《ひ》。そしてとうとうかあちゃんが、もどってこなかった夏《なつ》のあの日《ひ》。

ドド……ンという遠《とお》いひびきだけは、ノリオもきいたあの日《ひ》の朝《あさ》、かあちゃんはヒロシマでやけ死《し》んだという。ノリオたちがなんにも知《し》らないまに。

じいちゃんが、かあちゃんをさがして歩《ある》いたとき、くらいヒロシマの町《まち》には、死《し》がいから出《で》るリン*の火《ひ》が、いく晩《ばん》も青《あお》く燃《も》えていたという。おりかさなってたおれた家々《いえいえ》と、おりかさなって死《し》んでいる人《ひと》びとのむれ……。子《こ》どもをさがすかあちゃんと、かあちゃんをさがす子《こ》どもの声《こえ》。

そして、ノリオのかあちゃんは、とうとう帰《かえ》ってこないのだ。

じいちゃんも、ノリオもだまっている。

年《とし》よりすぎたじいちゃんにも、小学二年《しょうがくにねん》のノリオにも、なにがいえよう。

リンの火　人体《じんたい》の骨《ほね》や歯《は》に含《ふく》まれるリンが自然《しぜん》に発火《はっか》したものとされる青白《あおじろ》い火《ひ》。

＊

ノリオは、青《あお》いガラスのかけらを、ぽんと川《かわ》の水《みず》になげてやった。すぐにまぶしい日《ひ》の光《ひかり》が、ノリオの世界《せかい》にかえってきて、ノリオはしごとを思《おも》い出《だ》す。

じいちゃんの工場《こうば》のヤギっ子《こ》の*ほし草《くさ》かりが、ノリオのしごとだ。

青《あお》あおしげった岸《きし》べの草《くさ》に、サクッ、サクッとまたかまを入《い》れだすと、さくらの木《き》につないだヤギっ子《こ》が、ミエエ、ミエエとノリオをよんだ。

かあちゃんヤギをよぶような、ヤギっ子《こ》の声《こえ》。

*草《くさ》いきれのひどいかり草《くさ》の上《うえ》で、ノリオはヤギっ子《こ》と、とっくみあう。上《うえ》になり、下《した》になり、ころげまわる。青《あお》い空《そら》をうつしているヤギの目玉《めだま》。

＊

白《しろ》い日《ひ》がさがチカチカゆれて、子《こ》どもの手《て》をひいた女《おんな》の人《ひと》が、*葉《は》ざく

ほし草《くさ》かり　ほし草《くさ》にするための草《くさ》を刈《か》ること。

草《くさ》いきれ　夏《なつ》の強《つよ》い日《ひ》差《ざ》しを受《う》けて、草《くさ》むらから立《た》ち上《のぼ》る、むっとした熱《ねっ》気《き》。

葉《は》ざくら　花《はな》が散《ち》って若葉《わかば》が出始《ではじ》めた頃《ころ》の桜《さくら》。ここでは単《たん》に葉《は》だけになっている桜《さくら》。

らのあいだを遠《とお》くなった。
ざあざあと音《おと》をます川《かわ》のひびき。

ノリオは、かまをまたつかいだす。
サクッ、サクッ、サクッ、かあちゃんかえれ。
サクッ、サクッ、サクッ、かあちゃんかえれよう。

川《かわ》は日《ひ》の光《ひかり》を照《て》りかえしながら、いっときもやすまず流《なが》れつづける。

未《み》帰《き》還《かん》の友《とも》に

太《だ》宰《ざい》治《おさむ》

一《いち》

君《きみ》が大学《だいがく》を出《で》てそれから故郷《こきょう》の仙台《せんだい》*の部隊《ぶたい》に入営《にゅうえい》*したのは、あれは太《たい》*平洋戦争《へいようせんそう》のはじまった翌年《よくねん》、昭和十七年《しょうわじゅうしちねん》の春《はる》ではなかったかしら。それから一年経《いちねんた》って、昭和十八年《しょうわじゅうはちねん》の早春《そうしゅん》に、アス五《ご》ジ　ウエノツクという君《きみ》からの電報《でんぽう》*を受《う》け取《と》った。

あれは、三月《さんがつ》のはじめ頃《ごろ》ではなかったかしら。何《なに》せまだ、ひどく寒《さむ》かった。僕《ぼく》は暗《くら》いうちから起《お》きて、上野駅《うえのえき》へ行《い》き、改札口《かいさつぐち》の前《まえ》にうずくまって、君《きみ》もいよいよ戦地《せんち》へ行《い》くことになったのだとひそかに推定《すいてい》していた。遠慮深《えんりょぶか》くて律義《りちぎ》*な君《きみ》が、こんな電報《でんぽう》を僕《ぼく》に打《う》って寄《よ》こすのは、よ

仙台《せんだい》　宮城県仙台市《みやぎけんせんだいし》。

入営《にゅうえい》　兵士《へいし》が軍務《ぐんむ》に就《つ》くために、兵営《へいえい》に入《はい》ること。

太平洋戦争《たいへいようせんそう》　第二次世界大戦《だいにじせかいたいせん》のうち、アジア・太平洋地域《たいへいようちいき》で行《おこな》われた戦争《せんそう》。1941年《ねん》12月《がつ》8日《か》、日本《にほん》がハワイの真珠湾《しんじゅわん》にある米軍基地《べいぐんきち》を奇襲攻撃《きしゅうこうげき》して始《はじ》まった。

電報《でんぽう》　文字《もじ》や符号《ふごう》を電気通信手段《でんきつうしんしゅだん》で伝送《でんそう》し、紙《かみ》などに印刷《いんさつ》して連絡《れんらく》する方法《ほうほう》。

律義《りちぎ》　義理堅《ぎりがた》いこと。実直《じっちょく》なこと。

ほどの事《こと》であろう。戦地《せんち》へ出《で》かける途中《とちゅう》、上野駅《うえのえき》に下車《げしゃ》して、そこで多《た》少《しょう》の休憩《きゅうけい》の時間《じかん》があるからそれを利用《りよう》し、僕《ぼく》と一《いっ》ぱい飲《の》もうという*算《さん》段《だん》にちがいないと僕《ぼく》は*賢察《けんさつ》していたのである。もうその頃《ころ》、日本《にほん》では、酒《さけ》がそろそろ無《な》くなりかけていて、酒場《さかば》の前《まえ》に行列《ぎょうれつ》を作《つく》って午後五時《ごごごじ》の開店《かいてん》を待《ま》ち、酒場《さかば》のマスタアに大《おお》いに*あいそを言《い》いながら、やっと半合《はんごう》か*一合《いちごう》の酒《さけ》にありつけるという有様《ありさま》であった。けれども僕《ぼく》には、*吉祥寺《きちじょうじ》に一軒《いっけん》、親《した》しくしている*スタンドバアがあって、すこしは無理《むり》もきくので、実《じつ》はその前日《ぜんじつ》そこのおばさんに、「僕《ぼく》の親友《しんゆう》がこんど戦地《せんち》へ行《い》く事《こと》になったらしく、あしたの朝早《あさはや》く上野《うえの》へ着《つ》いて、それから何時間《なんじかん》の余裕《よゆう》があるかわからないけれども、とにかくここへ連《つ》れて来《く》るつもりだから、お酒《さけ》とそれから何《なに》か温《あたた》かいたべものを用意《ようい》して置《お》いてくれ、たのむ！」と言《い》って、承諾《しょうだく》させた。

君《きみ》と逢《あ》ったらすぐに、ものも言《い》わずに、その吉祥寺《きちじょうじ》のスタンドに

算段《さんだん》　工夫《くふう》すること。手段《しゅだん》を考《かんが》えること。

賢察《けんさつ》　本来《ほんらい》は相手《あいて》が推察《すいさつ》することを敬《うやま》う言《い》い方《かた》だが、ここでは自分自身《じぶんじしん》に対《たい》して用《もち》いている。

あいそ　相手《あいて》の機嫌《きげん》をとるための言葉《ことば》やお世辞《せじ》、振《ふ》る舞《ま》い。

一合《いちごう》　容量《ようりょう》の単位《たんい》。約《やく》180mL。半合《はんごう》はその半分《はんぶん》。

吉祥寺《きちじょうじ》　現在《げんざい》の東京《とうきょう》都武蔵野市東部《とむさしのしとうぶ》に位置《いち》する地区《ちく》。

スタンドバア　カウンターに椅子《いす》をならべただけの酒場《さかば》。

引《ひ》っぱって行《い》くつもりでいたのだが、しかし、君《きみ》の汽車《きしゃ》は、ずいぶん遅《おく》れた。三時間《さんじかん》も遅《おく》れた。僕《ぼく》は改札口《かいさつぐち》のところで、*トンビの両袖《りょうそで》を重《かさ》ねてしゃがみ、君《きみ》を待《ま》っていたのだが、内心《ないしん》、気《き》が気《き》でなかった。君《きみ》の汽車《きしゃ》が一時間《いちじかん》おくれると、一時間《いちじかん》だけ君《きみ》と飲《の》む時間《じかん》が少《すく》なくなるわけである。それが三時間以上《さんじかんいじょう》も遅《おく》れたのだから、実《じつ》に非常《ひじょう》な打撃《だげき》である。それにどうも、ひどく寒《さむ》い。そのころ東京《とうきょう》では、まだ空襲《くうしゅう》は無《な》かったが、しかし既《すで》に*防空服装《ぼうくうふくそう》というものが流行《りゅうこう》していて、僕《ぼく》のように和服《わふく》の*着流《きなが》しにトンビをひっかけている者《もの》は、ほとんど無《な》かった。和服《わふく》の着流《きなが》しでコンクリートのたたきに*蹲《うずくま》っていると、裾《すそ》のほうから冷気《れいき》が這《は》いあがって来《き》て、ぞくぞく寒《さむ》く、やりきれなかった。午前九時近《ごぜんくじちか》くなって、君《きみ》たちの汽車《きしゃ》が着《つ》いた。君《きみ》は、ひとりで無《な》かった。これは僕《ぼく》の所謂《いわゆる》「賢察《けんさつ》」も及《およ》ばぬところであった。

ざッざッざッという軍靴《ぐんか》の響《ひび》きと共《とも》に、君《きみ》たち幹部候補生二百名《かんぶこうほせいにひゃくめい》く

トンビ　男性用《だんせいよう》のコート。袖《そで》がなく、肩《かた》に覆《おお》い掛《か》けるようにして着《き》るケープがついている。

防空服装《ぼうくうふくそう》　空襲《くうしゅう》などのときに身《み》を守《まも》る防空《ぼうくう》ずきんや、もんぺ、ズック、地《じ》下足袋《かたび》などの動《うご》きやすい服装《ふくそう》。

着流《きなが》し　男性《だんせい》の和服《わふく》で、略式《りゃくしき》の服装《ふくそう》。くだけた身《み》なり。

蹲《うずくま》っている　しゃがみ込《こ》んでいる。

らいが四列縦隊《よんれつじゅうたい》で改札口《かいさつぐち》へやって来《き》た。僕《ぼく》は改札口《かいさつぐち》の傍《そば》で爪先《つまさ》き立《だ》ち、君《きみ》を捜《さが》した。君《きみ》が僕《ぼく》を見《み》つけたのと、僕《ぼく》が君《きみ》を見《み》つけたのと、ほとんど同時《どうじ》くらいであったようだ。

「や。」

「や。」

という具合《ぐあい》になり、君《きみ》は軍律《ぐんりつ》もクソもあるものか、とばかりに列《れつ》から抜《ぬ》けて、僕《ぼく》のほうに走《はし》り寄《よ》り、

「お待《ま》たせしまスた。どうスても、逢《あ》いたくてあったのでね。」と言《い》った。

僕《ぼく》は君《きみ》がしばらく故郷《こきょう》の部隊《ぶたい》にいるうちに、ひどく東北訛《とうほくなま》りの強《つよ》くなったのに驚《おどろ》き、かつは*呆《あき》れた。

ザッザッザッザッと列《れつ》は僕《ぼく》の眼前《がんぜん》を通過《つうか》する。君《きみ》はその列《れつ》にはまるで無関《むかん》心《しん》のように、やたらにしゃべる。それは君《きみ》が、僕《ぼく》に逢《あ》ったらまずどのよ

かつは　一方《いっぽう》では。

うな事《こと》を言《い》って君自身《きみじしん》の進歩《しんぽ》をみとめさせてやろうかと、汽車《きしゃ》の中《なか》で考《かんが》えに考《かんが》えて来《き》た事《こと》に違《ちが》いない。

「生活《せいかつ》というのは、つまり、何《なん》ですね、あれは、何《なん》でも無《な》い事《こと》ですね。僕《ぼく》は、学校《がっこう》にいた頃《ころ》は、生活《せいかつ》というものが、やたらにこわくて、いけませんでしたが、しかス、何《なん》でも無《な》いものであったですね。軍隊《ぐんたい》だって生《せい》活《かつ》ですからね。生活《せいかつ》というのは、つまり、何《なん》の事《こと》は無《な》い、身辺《しんぺん》の者《もの》との附合《つきあ》いですよ。それだけのものであったですね。軍隊《ぐんたい》なんてのは、つまらないが、しかス、僕《ぼく》はこの一年間《いちねんかん》に於《お》いて、生活《せいかつ》の自信《じしん》を得《え》たですね。」

列《れつ》はどんどん通過《つうか》する。僕《ぼく》は気《き》が気《き》でない。

「おい、大丈夫《だいじょうぶ》か。」と僕《ぼく》は小声《こごえ》で注意《ちゅうい》を与《あた》えた。

「なに、かまいません。」と君《きみ》は、その列《れつ》のほうには振《ふ》り向《む》きもせず、

「僕《ぼく》はいま、ノオと言《い》えるようになったですね。生活人《せいかつじん》の強《つよ》さというの

---

*附合《つきあ》い　人《ひと》と人《ひと》との交《まじ》わり。

は、はっきり、ノオと言《い》える勇気《ゆうき》ですね。僕《ぼく》は、そう思《おも》いますよ。身辺《しんぺん》の者《もの》との附合《つきあ》いに於《お》いて、ノオと言《い》うべき時《とき》に、はっきりノオと言《い》う。これが出来《でき》た時《とき》に、僕《ぼく》は生活《せいかつ》というものに自信《じしん》を得《え》たですね。先生《せんせい》なんかは、未《いま》だにノオと言《い》えないでしょう？　きっと、まだ、言《い》えませんよ。」

「ノオ、ノオ。」と僕《ぼく》は言《い》って、「生活論《せいかつろん》はあとまわしにして、それよりも君《きみ》、君《きみ》の身辺《しんぺん》の者《もの》はもう向《むこ》うへ行《い》ってしまったよ。」

「相変《あいかわ》らず先生《せんせい》は臆病《おくびょう》だな。落着《おちつ》きというものが無《な》い。あの身辺《しんぺん》の者《もの》たちは、駅《えき》の前《まえ》で解散《かいさん》になって、それから朝食《ちょうしょく》という事《こと》になるのですよ。あ、ちょっとここで待《ま》っていて下《くだ》さい。弁当《べんとう》をもらって来《き》ますからね。先生《せんせい》のぶんも貰《もら》って来《き》ます。待《ま》っていて下《くだ》さい。」と言《い》って、走《はし》りかけ、また引返《ひきかえ》し、「いいですか。ここにいて下《くだ》さいよ。すぐに帰《かえ》って来《き》ますから。」

君《きみ》はどういう意味《いみ》か、紫《むらさき》の袋《ふくろ》にはいった君《きみ》の軍刀《ぐんとう》を僕《ぼく》にあずけて、走《はし》り去《さ》った。僕《ぼく》は、まごつきながらも、その軍刀《ぐんとう》を右手《みぎて》に持《も》って君《きみ》を待《ま》った。しばらくして君《きみ》は、竹《たけ》の皮《かわ》に包《つつ》まれたお弁当《べんとう》を二《ふた》つかかえて現《あらわ》れ、

「残念《ざんねん》です。嗚呼《ああ》、残念《ざんねん》だ。時間《じかん》が無《な》いんですよ、もう。」

「何時間《なんじかん》も無《な》いのか？ もう、すぐか？」と僕《ぼく》は、君《きみ》の所謂《いわゆる》落着《おちつ》きの無《な》いところを発揮《はっき》した。

「十一時《じゅういちじ》三十分《さんじっぷん》まで。それまでに、駅前《えきまえ》に集合《しゅうごう》して、すぐ出発《しゅっぱつ》だそうです。」

「いま何時《なんじ》だ。」君《きみ》の愚《おろ》かな先生《せんせい》は、この十五《じゅうご》、六年間《ろくねんかん》、時計《とけい》というものを持《も》った事《こと》が無《な》い。時計《とけい》をきらいなのでは無《な》く、時計《とけい》のほうでこの先《せん》生《せい》をきらいらしいのである。時計《とけい》に限《かぎ》らず、*たいていの家財《かざい》は、先生《せんせい》をきらって寄《よ》り附《つ》かない具合《ぐあい》である。

君《きみ》は、君《きみ》の腕時計《うでどけい》を見《み》て、時刻《じこく》を報告《ほうこく》した。十一時《じゅういちじ》三十分《さんじっぷん》まで、もう

たいていの…… 家《いえ》にある金目《かねめ》のものは、みな質《しち》に入《い》れたり売《う》ったりして、酒代《さかだい》になってしまっている状態《じょうたい》。

三時間《さんじかん》くらいしか無《な》い。僕《ぼく》は、君《きみ》を吉祥寺《きちじょうじ》のスタンドバアに引《ひ》っぱって行《い》く事《こと》を、断念《だんねん》しなければいけなかった。上野《うえの》から吉祥寺《きちじょうじ》まで、*省《しょう》線《せん》で一時間《いちじかん》かかる。そうすると、往復《おうふく》だけで既《すで》に二時間《にじかん》を*費消《ひしょう》する事《こと》になる。あと一時間《いちじかん》。それも落着《おちつ》きの無《な》い、絶《た》えず時計《とけい》ばかり気《き》にしていなければならぬ一時間《いちじかん》である。意味無《いみな》い、と僕《ぼく》はあきらめた。

「公園《こうえん》でも散歩《さんぽ》するか。」泣《な》きべそを掻《か》くような気持《きもち》であった。

僕《ぼく》は今《いま》でもそうだが、こんな時《とき》には、お祭《まつ》りに連《つ》れて行《い》かれず、家《いえ》にひとり残《のこ》された子供《こども》みたいな、天《てん》をうらみ、地《ち》をのろうような、どうにもかなわない淋《さび》しさに襲《おそ》われるのだ。わが身《み》の不幸《ふこう》、などという大袈裟《おおげさ》な芝居《しばい》がかった言葉《ことば》を、冗談《じょうだん》でなく思《おも》い浮《う》かべたりするのである。しかし、君《きみ》は平気《へいき》で、

「まいりましょう。」と言《い》う。

僕《ぼく》は君《きみ》に軍刀《ぐんとう》を手渡《てわた》し、

省線《しょうせん》　省線電車《しょうせんでんしゃ》の略《りゃく》。日本国有鉄道《にほんこくゆうてつどう》電車《でんしゃ》の旧称《きゅうしょう》。現在《げんざい》のJR。
費消《ひしょう》　使《つか》い果《は》たすこと。

「どうもこの紐《ひも》は趣味《しゅみ》が悪《わる》いね。」と言《い》った。軍刀《ぐんとう》の紫《むらさき》の袋《ふくろ》には、真赤《まっか》な太《ふと》い*人絹《じんけん》の紐《ひも》がぐるぐる巻《ま》きつけられ、そうして、その紐《ひも》の端《はし》には御《ご》ていねいに大《おお》きい*総《ふさ》などが附《つ》けられてある。

「先生《せんせい》には、まだ色気《いろけ》があるんですね。恥《はず》かしかったですか?」

「すこし、恥《はず》かしかった。」

「そんなに*見栄坊《みえぼう》では、兵隊《へいたい》になれませんよ。」

僕《ぼく》たちは駅《えき》から出《で》て上野公園《うえのこうえん》に向《む》かった。

「兵隊《へいたい》だって見栄坊《みえぼう》さ。趣味《しゅみ》のきわめて悪《わる》い見栄坊《みえぼう》さ。」

帝国主義《ていこくしゅぎ》の侵略《しんりゃく》とか何《なん》とかいう理由《りゆう》からでなくとも、僕《ぼく》は本能的《ほんのうてき》に、或《ある》いは肉体的《にくたいてき》に兵隊《へいたい》がきらいであった。或《あ》る友人《ゆうじん》から「服役中《ふくえきちゅう》は留守宅《るすたく》の世話云々《せわうんぬん》」という手紙《てがみ》をもらい、その「服役《ふくえき》」という言葉《ことば》が、懲役《ちょうえき》にでも服《ふく》しているような陰惨《いんさん》な感《かん》じがして、これは「服務中《ふくむちゅう》」の間違《まちが》いではなかろうかと思《おも》って、ひとに尋《たず》ねてみたが、やはりそれは「服役《ふくえき》」と

人絹《じんけん》　人造絹糸《じんぞうけんし》の略《りゃく》。天然《てんねん》の絹糸《きぬいと》をまねて人工的《じんこうてき》に作《つく》った化学繊維《かがくせんい》。

総《ふさ》　糸《いと》を一端《いったん》で束《たば》ね、その先《さき》を垂《た》らしたもの。

見栄坊《みえぼう》　うわべを飾《かざ》って人《ひと》によく見《み》られようとする者《もの》。見栄《みえ》っ張《ぱ》り。

いうのが正《ただ》しい言《い》い習《なら》わしになっていると聞《き》かされ、うんざりした事《こと》がある。

「酒《さけ》を飲《の》みたいね。」と僕《ぼく》は、公園《こうえん》の石段《いしだん》を登《のぼ》りながら、低《ひく》くひとりごとのように言《い》った。

「それも、悪《わる》い趣味《しゅみ》でしょう。」

「しかし、少《すく》くとも、見栄《みえ》ではない。見栄《みえ》で酒《さけ》を飲《の》む人《ひと》なんか無《な》い。」

僕《ぼく》は公園《こうえん》の南洲《なんしゅう》*の銅像《どうぞう》の近《ちか》くの茶店《ちゃみせ》にはいって、酒《さけ》は無《な》いかと聞《き》いてみた。有《あ》る筈《はず》はない。お酒《さけ》どころか、その頃《ころ》の日本《にほん》の飲食店《いんしょくてん》には、既《すで》にコーヒーも甘酒《あまざけ》も、何《なに》も無《な》くなっていたのである。

茶店《ちゃみせ》の娘《むすめ》さんに冷《つめた》く断《ことわ》られても、しかし、僕《ぼく》はひるまなかった。

「御主人《ごしゅじん》がいませんか。ちょっと逢《あ》いたいのですが。」と僕《ぼく》は真面目《まじめ》くさってそう言《い》った。

やがて出《で》て来《き》た頭《あたま》の禿《は》げた主人《しゅじん》に向《むか》って、僕《ぼく》は今日《きょう》の事情《じじょう》をめんめん

南洲《なんしゅう》の銅像《どうぞう》　西郷隆盛《さいごうたかもり》の銅像《どうぞう》。西郷《さいごう》が本名《ほんみょう》のほかに用《もち》いていた名《な》（号《ごう》）が南洲《なんしゅう》だった。

と訴《うった》え、

「何《なに》かありませんか。なんでもいいんです。ひとえにあなたの義侠心《ぎきょうしん》*におすがりします。たのみます。ひとえにあなたの義侠心《ぎきょうしん》に、……」

という具合《ぐあい》にあくまでもねばり、僕《ぼく》の財布《さいふ》の中《なか》にあるお金《かね》を全部《ぜんぶ》、その主人《しゅじん》に呈出《ていしゅつ》*した。

「よろしい！」とその頭《あたま》の禿《は》げた主人《しゅじん》は、とうとう義侠心《ぎきょうしん》を発揮《はっき》してくれた。「そんなわけならば、私《わたし》の晩酌《ばんしゃく》用《よう》のウィスキイを、わけてあげます。お金《かね》は、こんなにたくさん要《い》りません。実費《じっぴ》でわけてあげます。そのウィスキイは、私《わたし》は誰《だれ》にも飲《の》ませたくないから、ここに隠《かく》してあるのです。」

主人《しゅじん》は、憤激《ふんげき》*しているようなひどく興奮《こうふん》のていで、矢庭《やにわ》*に座敷《ざしき》の畳《たたみ》をあげ、それから床板《ゆかいた》を起《おこ》し、床下《ゆかした》からウィスキイの角瓶《かくびん》を一本《いっぽん》とり出《だ》した。「万歳《ばんざい》！」と僕《ぼく》は言《い》って、拍手《はくしゅ》した。

義侠心《ぎきょうしん》　正義《せいぎ》を守《まも》り、弱《よわ》いものを助《たす》けようとする心《こころ》。
呈出《ていしゅつ》　差《さ》し出《だ》すこと。
憤激《ふんげき》　はげしく怒《おこ》ること。
矢庭《やにわ》に　いきなり。突然《とつぜん》。

そうして、僕《ぼく》たちはその座敷《ざしき》にあがり込《こ》んで乾杯《かんぱい》した。

「先生《せんせい》、相変《あいかわ》らずですねえ。」

「相変《あいかわ》らずさ。そんなにちょいちょい変《かわ》ってはたまらない。」

「しかし、僕《ぼく》は変《かわ》りましたよ。」

「生活《せいかつ》の自信《じしん》か。その話《はなし》は、もうたくさんだ。ノオと言《い》えばいいんだろう?」

「いいえ、先生《せんせい》。抽象論《ちゅうしょうろん》じゃ無《な》いんです。女《おんな》ですよ。先生《せんせい》、飲《の》もう。僕《ぼく》は、ノオと言《い》うのに骨《ほね》を折《お》った。先生《せんせい》だって悪《わる》いんだ。ちっとも頼《たよ》りになりやしない。菊屋《きくや》のね、あの娘《むすめ》が、あれから、ひどい事《こと》になってしまったのです。いったい、先生《せんせい》が悪《わる》いんだ。」

「菊屋《きくや》? しかし、あれは、あれっきりという事《こと》に、……」

「それがそういかないんですよ。僕《ぼく》は、ノオと言《い》うのに苦労《くろう》した。実際《じっさい》、僕《ぼく》は人《ひと》が変《かわ》りましたよ。先生《せんせい》、僕《ぼく》たちはたしかに間違《まちが》っていたのです。」

意外《いがい》な苦《くる》しい話《はなし》になった。

二《に》

菊屋《きくや》というのは、高円寺《こうえんじ》*の、以前《いぜん》僕《ぼく》がよく君《きみ》たちと一緒《いっしょ》に飲《の》みに行《い》っていたおでんやの名前《なまえ》だった。その頃《ころ》から既《すで》に、日本《にほん》では酒《さけ》が足《た》りなくなっていて、僕《ぼく》が君《きみ》たちと飲《の》んで文学《ぶんがく》を談《だん》ずるのに甚《はなは》だ不自由《ふじゆう》を感《かん》じはじめていた。あの頃《ころ》、僕《ぼく》の三鷹《みたか》*の小《ちい》さい家《いえ》に、実《じつ》にたくさんの大学生《だいがくせい》が遊《あそ》びに来《き》ていた。僕《ぼく》は自分《じぶん》の悲《かな》しみや怒《いか》りや恥《はじ》を、たいてい小説《しょうせつ》で表現《ひょうげん》してしまっているので、その上《うえ》、訪問客《ほうもんきゃく》に対《たい》してあらたまって言《い》いたい事《こと》も無《な》かった。しかしまた、きざに大先生《だいせんせい》気取《きど》りして神妙《しんみょう》*そうな文学概論《ぶんがくがいろん》なども言《い》いたくないし、一《ひと》つ一《ひと》つ言葉《ことば》を選《えら》んで法螺《ほら》*で無《な》い事《こと》ばかり言《い》

高円寺《こうえんじ》　東京《とうきょう》都《と》杉並区《すぎなみく》北東部《ほくとうぶ》に位置《いち》する地区《ちく》。

三鷹《みたか》　現在《げんざい》の東京《とうきょう》都《と》三鷹市《みたかし》。

神妙《しんみょう》　立派《りっぱ》ですぐれている様子《ようす》。

法螺《ほら》　うそや、でたらめ。

おうとすると、いやに疲《つか》れてしまうし、そうかと言《い》って玄関払《げんかんばら》いは絶対《ぜったい》に出来《でき》ないたちだし、結局《けっきょく》、君《きみ》たちをそそのかして酒《さけ》を飲《の》みに飛《と》び出《だ》すという事《こと》になってしまうのである。酒《さけ》を飲《の》むと、僕《ぼく》は非常《ひじょう》にくだらない事《こと》でも、大声《おおごえ》で言《い》えるようになる。そうして、それを聞《き》いている君《きみ》たちもまた大《おお》いに酔《よ》っているのだから、あまり僕《ぼく》の話《はなし》に耳《みみ》を傾《かたむ》けていないという安心《あんしん》もある。僕《ぼく》は、君《きみ》たちから僕《ぼく》のつまらぬ一言一句《いちごんいっく》を信頼《しんらい》されるのを恐《おそ》れていたのかも知《し》れない。ところが、日本《にほん》にはだんだん酒《さけ》が無《な》くなって来《き》たので、その臆病《おくびょう》な馬鹿先生《ばかせんせい》は甚《はなは》だ窮《きゅう》*したというわけなのだ。その時《とき》にあたり、僕《ぼく》たちは、実《じつ》によからぬ一《ひと》つの悪計《あっけい》をたくらんだのである。*岡野金右衛門《おかのきんえもん》の色仕掛《いろじか》けというのが、すなわちそれであった。菊屋《きくや》にはその頃《ころ》、他《ほか》の店《みせ》にくらべて酒《さけ》が豊富《ほうふ》にあったようである。しかし、一人《ひとり》に*お銚子二本《ちょうしにほん》ずつと定《さだ》められていた。二本《にほん》では足《た》りないので、おかみさんの義侠心《ぎきょうしん》に訴《うった》えて、さらに一本《いっぽん》を懇願《こんがん》しても、顔《かお》をしかめ

窮《きゅう》した　行《い》き詰《づ》まって、どうしたらいいかわからず困《こま》った。

岡野金右衛門《おかのきんえもん》　江戸時代前期《えどじだいぜんき》、主君《しゅくん》の仇討《あだう》ちをした47人《にん》の赤穂義士《あこうぎし》のひとり。標的《ひょうてき》の吉良義央《きらよしなか》の屋敷《やしき》に討《う》ち入《い》りするため、岡野《おかの》は吉良邸《きらてい》の奉公人《ほうこうにん》であるお艶《つや》を誘惑《ゆうわく》して恋仲《こいなか》になった。そして大工《だいく》であるお艶《つや》の父親《ちちおや》が作《つく》った、吉良邸《きらてい》の絵図面《えずめん》を手《て》に入《い》れたという物語《ものがたり》がある。

お銚子《ちょうし》　酒《さけ》を入《い》れて杯《さかずき》に注《そそ》ぐための、細長《ほそなが》くて口《くち》がせまい容器《ようき》。

るばかりで相手《あいて》にしない。さらに愁訴《しゅうそ》*すると、奥《おく》から親爺《おやじ》が顔《かお》を出《だ》して、さあさあ皆《みな》さん帰《かえ》りなさい、いまは日本《にほん》では酒《さけ》の製造量《せいぞうりょう》が半分《はんぶん》以下《いか》になっているのです。貴重《きちょう》なものです。いったい学生《がくせい》には酒《さけ》を飲《の》ませない事《こと》に私《わたし》どもではきめているのですがね、と興覚《きょうざ》めな事《こと》を言《い》う。よろしい、それならば、と僕《ぼく》たちはこの不人情《ふにんじょう》のおでんやに対《たい》して、或《あ》る種《しゅ》の悪計《あっけい》をたくらんだのだった。

まず僕《ぼく》が、或《あ》る日《ひ》の午後《ごご》、まだおでんやが店《みせ》をあけていない時《とき》に、その店《みせ》の裏口《うらぐち》から真面目《まじめ》くさってはいって行《い》った。

「おじさん、いるかい。」と僕《ぼく》は、台所《だいどころ》で働《はたら》いている娘《むすめ》さんに声《こえ》をかけた。この娘《むすめ》さんは既《すで》に女学校《じょがっこう》を卒業《そつぎょう》している。十九《じゅうく》くらいではなかったかしら。内気《うちき》そうな娘《むすめ》さんで、すぐ顔《かお》を赤《あか》くする。

「おります。」と小《ちい》さい声《こえ》で言《い》って、もう顔《かお》を真赤《まっか》にしている。

「おばさんは？」

愁訴《しゅうそ》　嘆《なげ》いて訴《うった》えること。同情《どうじょう》を誘《さそ》うこと。

「おります。」

「そう。それはちょうどいい。二階《にかい》か？」

「ええ。」

「ちょっと用《よう》があるんだけどな。呼《よ》んでくれないか。おじさんでも、おばさんでも、どっちでもいい。」

娘《むすめ》さんは二階《にかい》へ行《い》き、やがて、おじさんが糞《くそ》まじめな顔《かお》をして二階《にかい》から降《お》りて来《き》た。悪党《あくとう》のような顔《かお》をしている。

「用事《ようじ》ってのは、酒《さけ》だろう。」と言《い》う。

僕《ぼく》はたじろいだ*が、しかし、気《き》を取《と》り直《なお》し、

「うん、飲《の》ませてくれるなら、いつだって飲《の》むがね。しかし、ちょっとおじさん、話《はなし》があるんだ。店《みせ》のほうへ来《こ》ないか？」

僕《ぼく》は薄暗《うすぐら》い店《みせ》のほうにおじさんをおびき寄《よ》せた。

あれは昭和十六年《しょうわじゅうろくねん》の暮《くれ》であったか、昭和十七年《しょうわじゅうしちねん》の正月《しょうがつ》であったか、

たじろいだ　相手《あいて》の勢《いきお》いに圧倒《あっとう》されて、ひるんだ。

とにかく、冬《ふゆ》であったのはたしかで、僕《ぼく》は店《みせ》のこわれかかった椅子《いす》に腰《こし》をおろし、トンビの袖《そで》をはねてテーブルに頬杖《ほおづえ》をつき、

「まあ、あなたもお坐《すわ》り。悪《わる》い話《はなし》じゃない。」

おじさんは、渋々《しぶしぶ》、僕《ぼく》と向《むか》い合《あ》った椅子《いす》に腰《こし》をおろして、

「結局《けっきょく》は、酒《さけ》さ。」とぶあいそな顔《かお》で言《い》った。

僕《ぼく》は、見破《みやぶ》られたかと、ぎょっとしたが、ごまかし笑《わら》いをして、

「信用《しんよう》が無《な》いようだね。それじゃ、よそうかな。マサちゃん（娘《むすめ》の名《な》）の縁談《えんだん》*なんだけどね。」

「だめ、だめ。そんな手《て》にゃ乗《の》らん。何《なん》のかのと言《い》って、それから、酒《さけ》さ。」

実《じっ》に、手剛《てごわ》い。僕《ぼく》たちの悪計《あっけい》もまさに水泡《すいほう》*に帰《き》するかの如《ごと》くに見《み》えた。

「そんなにはっきり言《い》うなよ。残酷《ざんこく》じゃないか。そりゃどうせ僕《ぼく》たち

縁談《えんだん》　結婚前《けっこんまえ》の男女《だんじょ》の縁《えん》を結《むす》ぶための話《はなし》。

水泡《すいほう》に帰《き》する　努力《どりょく》がむだになる。水《みず》の泡《あわ》になる。

は、酒《さけ》を飲《の》ませていただきたいよ。そりゃそうさ。」と僕《ぼく》は、ほとんど破《やぶ》れかぶれになり、「しかし、僕《ぼく》の見《み》るところでは、あのマサちゃんは、おじさんに似合《にあ》わず、全《まった》く似合《にあ》わず、いい子《こ》だよ。それでね、僕《ぼく》の友人《ゆうじん》でいま東京《とうきょう》の帝大《ていだい》の文科《ぶんか》にはいっている鶴田君《つるたくん》、と言《い》ってもおじさんにはわからないだろうが、ほら、僕《ぼく》がいつも引《ひ》っぱって来《く》る大学生《だいがくせい》の中《なか》で一《いち》ばん背《せ》が高《たか》くて色《いろ》の白《しろ》い、*羽左衛門《うざえもん》に似《に》た（別《べつ》に僕《ぼく》は君《きみ》が羽左衛門《うざえもん》にも誰《だれ》にも似《に》ているとは思《おも》わないが、美男子《びなんし》という事《こと》を強調《きょうちょう》するために、おじさんの知《し》っていそうな美男《びなん》の典型人《てんけいじん》の名前《なまえ》を挙《あ》げてみただけである）そんなに酒《さけ》を飲《の》まない（その実《じつ》、僕《ぼく》のところへ来《く》る大学生《だいがくせい》のうちで君《きみ》が一《いち》ばんの大酒飲《おおざけの》みであった）おとなしそうな青年《せいねん》が、その鶴田君《つるたくん》なんだがね、あれは仙台《せんだい》の人《ひと》でね、少《すこ》し言葉《ことば》に仙台《せんだい》なまりがあるからあまり女《おんな》には好《す》かれないようだけれど、まあ、かえってそのほうがいい。僕《ぼく》のように好《す》かれすぎても困《こま》る。」

羽左衛門《うざえもん》　市村羽左衛門《いちむらうざえもん》。17代《だい》まで続《つづ》いた歌舞伎俳優《かぶきはいゆう》。当時《とうじ》の15代目《だいめ》はすぐれた美貌《びぼう》と明快《めいかい》な芸風《げいふう》で知《し》られ人気《にんき》があった。

　おじさんは、うんざりしたように顔《かお》をしかめたが、僕《ぼく》は平気《へいき》で、

「その鶴田君《つるたくん》だがね、母《はは》ひとり子《こ》ひとりなんだ。もうすぐ帝大《ていだい》を卒業《そつぎょう》して、まあ文学士《ぶんがくし》という事《こと》になるわけだが、或《ある》いは卒業《そつぎょう》と同時《どうじ》に兵隊《へいたい》に行《い》くかも知《し》れん。しかし、また、行《い》かないかも知《し》れん。行《い》かない場合《ばあい》は、どこかで勤《つと》めるという事《こと》になるだろうが、（この辺《へん》までは本当《ほんとう》だが、それからみんな嘘《うそ》）僕《ぼく》は鶴田君《つるたくん》のお母《かあ》さんと昔《むかし》からの知合《しりあ》いでね、僕《ぼく》のようなものでも、これでも、まあ、信頼《しんらい》されているのだ。それでね、ひとり息子《むすこ》の鶴田君《つるたくん》の嫁《よめ》は、何《なん》とかして先生《せんせい》に、僕《ぼく》の事《こと》だよ先生《せんせい》というのは、その先生《せんせい》に捜《さが》してもらいたいと、本当《ほんとう》だよ、つまり僕《ぼく》はその全権《ぜんけん》を委任《いにん》されているような次第《しだい》なのだ。」

　しかし、かのおじさんは、いかにも馬鹿々々《ばかばか》しいというような顔《かお》つきをして横《よこ》を向《む》き、

「冗談《じょうだん》じゃない。あんたに、そんな大事《だいじ》な息子《むすこ》さんを。」と言《い》い、てん*

てんで　まるっきり。まったく。

で相手《あいて》にしてくれない。

「いや、そうじゃない。まかせられているのだ。」と僕《ぼく》は厚《あつ》*かましく言《い》い張《は》り、「ところで、どうだろう。その鶴田君《つるたくん》と、マサちゃんと。」と言《い》いかけた時《とき》に、おじさんは、

「馬鹿《ばか》らしい。」と言《い》って立《た》ち上《あが》り、「まるで気違《きちが》いだ。」

さすがに僕《ぼく》もむっとして、奥《おく》へ引《ひ》き上《あ》げて行《い》くおじさんのうしろ姿《すがた》に向《むか》い、

「君《きみ》は、ひとの親切《しんせつ》がわからん人《ひと》だね。酒《さけ》なんか飲《の》みたかねえよ。ばかものめ。」と言《い》った。まさに、めちゃ苦茶《くちゃ》である。これで僕《ぼく》たちの、れいの悪計《あっけい》も台無《だいな》しになったというわけであった。

僕《ぼく》は、その夜《よる》、僕《ぼく》の家《いえ》へ遊《あそ》びにやって来《き》た君《きみ》たちに向《むか》って、われらの密計《みっけい》ことごとく破《やぶ》れ果《は》てた事《こと》を報告《ほうこく》し、謝罪《しゃざい》した。*けだし、僕《ぼく》たちの策《さく》戦《せん》たるや、かの吉良邸《きらてい》の絵図面《えずめん》を盗《ぬす》まんとして四十七士中《しじゅうしちしちゅう》の第一《だいいち》の美《び》

厚《あつ》かましく　ずうずうしく。
けだし　おおよそ。大略《たいりゃく》。

男《なん》たる岡野金右衛門《おかのきんえもん》が、色仕掛《いろじかけ》の*苦肉《くにく》の策《さく》を用《もち》いて成功《せいこう》したという*故智《こち》にならい、美男《びなん》と自称《じしょう》する君《きみ》にその岡野《おかの》の役《やく》を押《お》しつけ、かの菊屋一家《きくやいっか》を迷《まよ》わせて、そのドサクサにまぎれ、大《おお》いに菊屋《きくや》の酒《さけ》を飲《の》もうという悪《わる》い*量見《りょうけん》から出《で》たところのものであったが、*首領《しゅりょう》の大石《おおいし》が、ヘマを演《えん》じてかの現実主義者《げんじつしゅぎしゃ》のおじさんのために木《こ》っ葉《ぱ》みじんの目《め》に遭《あ》ったというわけであった。

「だめだなあ、先生《せんせい》は。」と君《きみ》はさかんに僕《ぼく》を軽蔑《けいべつ》する。「先生《せんせい》はとにかく、それでは僕《ぼく》の面目《めんぼく》までまるつぶれだ。何《なん》の見《み》るべきところも無《な》い。」

「やけ酒《ざけ》でも飲《の》むか。」と僕《ぼく》は立《た》ち上《あが》る。

その夜《よる》は、三鷹《みたか》、吉祥寺《きちじょうじ》のおでんや、すし屋《や》、カフェなど、あちこちうろついて頼《たの》んでみても、どこにも酒《さけ》が一滴《いってき》も無《な》かった。やはり、菊屋《きくや》に行《い》くより他《ほか》は無《な》い。少《すく》からず、てれくさい思《おも》いであったが、*暴虎《ぼうこ》馮河《ひょうが》というような、すさんだ勢《いきお》いで、菊屋《きくや》へ押《お》しかけ、にこりともせ

苦肉《くにく》の策《さく》　苦《くる》しまぎれに考《かんが》え出《だ》した方《ほう》法《ほう》、手段《しゅだん》。

故智《こち》　先人《せんじん》の試《こころ》みた策略《さくりゃく》。昔《むかし》の人《ひと》が用《もち》いた、才知《さいち》に富《と》んだ計略《けいりゃく》。

量見《りょうけん》　考《かんが》え。

首領《しゅりょう》の大石《おおいし》　大石良雄《おおいしよしお》。47人《にん》の赤穂義《あこうぎ》士《し》の長《ちょう》だった。

暴虎馮河《ぼうこひょうが》　トラに素手《すで》で立《た》ち向《む》かい、黄河《こうが》を徒歩《とほ》で渡《わた》ることを意味《いみ》する。一時《いっとき》の熱意《ねつい》に任《まか》せて向《む》こう見《み》ずに勇《いさ》み立《た》ち、無謀《むぼう》なことをするたとえ。

ず酒《さけ》をたのんだ。

その夜《よる》、僕《ぼく》たちはおかみさんから意外《いがい》の厚遇《こうぐう》を賜《たまわ》った。困《こま》るわねえ、などと言《い》いながらも、そっとお銚子《ちょうし》をかえてくれる。われら破《やぶ》れかぶれの＊討入《うちいり》の義士《ぎし》たちは、顔《かお》を見合《みあわ》せて、苦笑《くしょう》した。

僕《ぼく》はわざと大声《おおごえ》で、

「鶴田君《つるたくん》！　君《きみ》は、ふだんからどうも、酒《さけ》も何《なに》も飲《の》まず、まじめ過《す》ぎるよ。今夜《こんや》は、ひとつ飲《の》んでみたまえ。これもまた人生修行《じんせいしゅぎょう》の一《ひと》つだ。」

などと、大酒飲《おおざけの》みの君《きみ》に向《むか》って言《い》う。

馬鹿《ばか》らしい事《こと》であったが、しかし、あれも今《いま》ではなつかしい思《おも》い出《で》になった。僕《ぼく》たちは、図《ず》に乗《の》って、それからも、しばしば菊屋《きくや》を襲《おそ》って大《おお》酒《ざけ》を飲《の》んだ。

菊屋《きくや》のおじさんは、てんでもう、縁談《えんだん》なんて信用《しんよう》していないふうであったが、しかし、おかみさんは、どうやら、半信半疑《はんしんはんぎ》ぐらいの傾《かたむ》きを

討入《うちいり》の義士《ぎし》　赤穂義士《あこうぎし》たちが吉良邸《きらてい》に攻《せ》め込《こ》む様子《ようす》にたとえている。

示《しめ》していたようであった。

　けれども僕《ぼく》たちの目的《もくてき》は、菊屋《きくや》に於《お》いて大《おお》いに酒《さけ》を飲《の》む事《こと》にある。従《したが》ってその縁談《えんだん》に於《お》いては甚《はなは》だ不熱心《ふねっしん》であり、時《とき》たま失念《しつねん》していたりする仕末《しまつ》であった。菊屋《きくや》へ行《い》ってお酒《さけ》をねだる時《とき》だけ、

「何《なに》せ僕《ぼく》は、全権《ぜんけん》を委託《いたく》されているのだからなあ。僕《ぼく》の責任《せきにん》たるや、軽《かる》くないわけだよ。」

　などと、とってつけたように、思《おも》わせぶりの感慨《かんがい》をもらし、以《もっ》ておかみさんの心《こころ》の動揺《どうよう》を企図《きと》*したものだが、しかし、そのいつわりの縁談《えんだん》はそれ以上《いじょう》、具体化《ぐたいか》する事《こと》も無《な》く、そのうちに君《きみ》は、卒業《そつぎょう》と同時《どうじ》に仙台《せんだい》の部隊《ぶたい》に入営《にゅうえい》して、岡野《おかの》がいなくては、いかに大石《おおいし》、智略《ちりゃく》にたけたりとも、もはや菊屋《きくや》から酒《さけ》を引出《ひきだ》す口実《こうじつ》に窮《きゅう》し、またじっさい菊屋《きくや》に於《お》いても、酒《さけ》が次第《しだい》に少《すく》なくなって休業《きゅうぎょう》の日《ひ》が続《つづ》き、僕《ぼく》は、またまた別《べつ》な酒《さけ》の店《みせ》を捜《さが》し出《だ》さなければならなくなって、君《きみ》と別《わか》れて以後《いご》は、ほんの数《かぞ》えるほど

企図《きと》　くわだてること。

しか菊屋《きくや》に行《い》った事《こと》は無《な》く、そうして、やがて全《まった》く御無沙汰《ごぶさた》という形《かたち》になった。

もう、それで、おしまいとばかり僕《ぼく》は思《おも》っていたのだが、それから一《いち》年経《ねんた》ち、あの上野公園《うえのこうえん》の茶店《ちゃみせ》で、僕《ぼく》たちはもうこれが永遠《えいえん》のわかれになるかも知《し》れないそのおわかれの盃《さかずき》をくみかわし、突然《とつぜん》そこに菊屋《きくや》の話《はなし》が飛《と》び出《で》たので、僕《ぼく》はぎょっとしたのだ。

その日《ひ》の、君《きみ》の物語《ものがた》るところに依《よ》れば、君《きみ》が入営《にゅうえい》して一週間目《いっしゅうかんめ》くらいに、もうはや菊川《きくかわ》マサ子《こ》からの手紙《てがみ》が、君《きみ》を見舞《みま》ったという。そう言《い》えば、君《きみ》の去《さ》った後《あと》、僕《ぼく》が他《ほか》の学生《がくせい》たちと菊屋《きくや》に飲《の》みに行《い》き、その時《とき》、おかみさんに君《きみ》の部隊《ぶたい》のアドレスなんかを、聞《き》かれもせぬのに、ただただお酒《さけ》をさらに一本飲《いっぽんの》みたいばかりに、紙《かみ》に書《か》いて教《おし》えてやった覚《おぼ》えがある。

君《きみ》はその手紙《てがみ》には返事《へんじ》を出《だ》さずにいた。するとまた、十日《とおか》くらい経《た》って、さらに優《やさ》しいお見舞《みま》いの言葉《ことば》を書《か》きつらねた手紙《てがみ》が来《く》る。君《きみ》もこんどは返事《へんじ》を出《だ》した。折《お》りかえし、向《む》こうから、さらにまた優《やさ》しいお見舞《みま》い。つまり、君《きみ》たちは、いつのまにやら、苦《くる》しい仲《なか》になってしまっていた。「白状《はくじょう》しますとね。」と君《きみ》は、その日《ひ》、上野公園《うえのこうえん》の茶屋《ちゃや》でさかんにウィスキイをあおりながら、「僕《ぼく》は、はじめから、あの人《ひと》を好《す》きだったのですよ。岡野金右衛門《おかのきんえもん》だの何《なん》だの、そんなつまらない策略《さくりゃく》からではなく、僕《ぼく》は、はじめから、あの人《ひと》とならば本当《ほんとう》に結婚《けっこん》してもいいと思《おも》っていたのですよ。でも、それを先生《せんせい》に言《い》うと、先生《せんせい》に軽蔑《けいべつ》されやしないかと思《おも》って、黙《だま》っていたのですがね。」

「軽蔑《けいべつ》なんか、しやしないさ。」僕《ぼく》は、なぜだか、ひどく憂鬱《ゆううつ》な気持《きもち》であった。

「軽蔑《けいべつ》するにきまっていますよ。先生《せんせい》はもう、ひとの恋愛《れんあい》なんか、いつでも頭《あたま》から茶化《ちゃか》してしまうのだから。菊屋《きくや》の、ほら、あの娘《むすめ》も、二人《ふたり》がこんな手紙《てがみ》を交換《こうかん》している事《こと》を、先生《せんせい》にだけは知《し》らせたくない、と手紙《てがみ》に書《か》いて寄《よ》こしたこともあって、僕《ぼく》もそれに賛成《さんせい》して、それでいままで、この事《こと》は先生《せんせい》には絶対秘密《ぜったいひみつ》という事《こと》になっていたのですが、しかし、僕《ぼく》もこんど戦地《せんち》へ行《い》って、たいていまあ死《し》ぬという事《こと》になるだろうし、ずいぶん考《かんが》えました。*はんもんしたんだ。そうして僕《ぼく》は、あの娘《むすめ》に対《たい》して、やっぱり、ノオと言《い》わなければならぬ立場《たちば》なのだと悟《さと》ったのです。ノオと言《い》うのは、つらいですよ。僕《ぼく》は、しかし、最後《さいご》の手紙《てがみ》に、ノオと言《い》った。心《こころ》を鬼《おに》にして、ノオと言《い》ったんだ。先生《せんせい》、僕《ぼく》は人《ひと》が変《かわ》りましたよ。冷酷無残《れいこくむざん》の手紙《てがみ》を書《か》いて出《だ》しました。きのうあたり、あの娘《むすめ》の手許《てもと》にとどいている筈《はず》ですが、僕《ぼく》はその手紙《てがみ》に、そもそものはじめから、つまり、僕《ぼく》たちのれいの悪計《あっけい》の事《こと》から、全部《ぜんぶ》あらいざらい書《か》いて送《おく》ってやったのです。第一歩《だいいっぽ》から、この恋愛《れんあい》は、ふまじめなものだった。うらむなら、先生《せんせい》を恨《うら》め、と。」

はんもん　いろいろと悩《なや》み苦《くる》しむこと。もだえ苦《くる》しむこと。

「でも、それはひどいじゃないか。」

「まさか、そんな、先生《せんせい》を恨《うら》め、とは書《か》きませんが、この恋愛《れんあい》は、はじめから終《おわ》りまで、でたらめだったのだと書《か》いてやりました。」

「しかし、そんな極端《きょくたん》ないじめ方《かた》をしちゃ、可哀想《かわいそう》だ。」

「いいえ、でも、それほどまでに強《つよ》く書《か》かなくちゃ駄目《だめ》なんです。彼女《かのじょ》は、彼女《かのじょ》は、僕《ぼく》の帰還《きかん》を何年《なんねん》でも待《ま》つ、と言《い》って寄《よ》こしているのですから。」

「悪《わる》かった、悪《わる》かった。」ほかに言《い》いようの無《な》い気持《きもち》だった。

三《さん》

ささやかな事件《じけん》かも知《し》れない。しかし、この事件《じけん》が、当時《とうじ》も、またいまも、僕《ぼく》をどんなに苦《くる》しめているかわからない。すべて、僕《ぼく》の責任《せきにん》である。僕《ぼく》は、あの日《ひ》、君《きみ》と別《わか》れて、その帰《かえ》りみち、高円寺《こうえんじ》の菊屋《きくや》に立寄《たちよ》った。実《じつ》にもう、一年《いちねん》振《ぶ》りくらいの訪問《ほうもん》であった。表《おもて》の戸《と》は、しまっている。裏《うら》へ廻《まわ》ったが、台所《だいどころ》の戸《と》も、しまっている。

「菊屋《きくや》さん、菊屋《きくや》さん。」と呼《よ》んだが、何《なん》の返事《へんじ》も無《な》い。あきらめて家《いえ》へ帰《かえ》った。しかし、どうにも気《き》がかりだ。僕《ぼく》はそれから十日《とおか》ほど経《た》って、また高円寺《こうえんじ》へ行《い》ってみた。こんどは、表《おもて》の戸《と》が雑作《ぞうさ》なくあいた。けれども、中《なか》には、見《み》た事《こと》も無《な》い老婆《ろうば》がひとりいただけであった。

「あの、おじさんは？」

「菊川《きくかわ》さんか？」

「ええ。」

「四《し》、五日前《ごにちまえ》、皆《みな》さん田舎《いなか》のほうへ、引上《ひきあ》げて行《い》きました。」

「前《まえ》から、そんな話《はなし》があったのですか？」

「いいえ、急《きゅう》にね。荷物《にもつ》も大部分《だいぶぶん》まだここに置《お》いてあります。わたしは、その留守番《るすばん》みたいなもので。」

「田舎《いなか》は、どこです。」

「埼玉《さいたま》のほうだとか言《い》っていました。」

「そう。」

彼等《かれら》のあわただしい移住《いじゅう》は、それは何《なに》も僕《ぼく》たちに関係《かんけい》した事《こと》では無《な》いかも知《し》れないけれども、しかし、君《きみ》のその「ノオ」の手紙《てがみ》が、僕《ぼく》と君《きみ》が上野公園《うえのこうえん》で別盃《べっぱい》*をくみかわしたあの日《ひ》の前後《ぜんご》に着《つ》いたとしたら、この菊屋《きくや》一家《いっか》の移住《いじゅう》は、それから四《し》、五日後《ごにちご》に行《おこな》われた事《こと》になる。何《なん》だか、そこに、幽《かす》かでも障子《しょうじ》*の鳥影《とりかげ》のように、かすめて通《とお》り過《す》ぎる気《き》がかりのものが感《かん》じられて、僕《ぼく》はいよいよ憂鬱《ゆううつ》になるばかりであった。

それから半年《はんとし》ほども経《た》ったろうか、戦地《せんち》の君《きみ》から飛行郵便《ひこうゆうびん》*が来《き》た。君《きみ》は南方《なんぽう》の或《あ》る島《しま》にいるらしい。その手紙《てがみ》には、別《べつ》に菊屋《きくや》の事《こと》は書《か》いてな

別盃《べっぱい》　別《わか》れを惜《お》しんでくみかわす酒《さけ》。別《わか》れのさかずき。
障子《しょうじ》の鳥影《とりかげ》　鳥《とり》の影《かげ》が障子《しょうじ》に映《うつ》ることの意味《いみ》から、来客《らいきゃく》のある前兆《ぜんちょう》をいう。
飛行郵便《ひこうゆうびん》　航空機《こうくうき》で運送《うんそう》する郵便物《ゆうびんぶつ》。

かった。*千早城《ちはやじょう》の正成《まさしげ》になるつもりだなどと書《か》かれているだけであった。僕《ぼく》はすぐに返事《へんじ》を書《か》き、正成《まさしげ》に*菊水《きくすい》の旗《はた》を送《おく》りたいが、しかし、君《きみ》には、菊水《きくすい》の旗《はた》よりも、菊川《きくかわ》の旗《はた》がお気《き》に召《め》すように思《おも》われる。しかし、その菊川《きくかわ》も、その後《ご》の様子不明《ようすふめい》で困《こま》っている。わかり次第《しだい》、後便《こうびん》でお知《し》らせする、と言《い》ってやったが、どうにも、彼等《かれら》一家《いっか》の様子《ようす》をさぐる手段《しゅだん》は無《な》かった。それからも僕《ぼく》は、君《きみ》に手紙《てがみ》を書《か》き、また雑誌《ざっし》なども送《おく》ってやったが、君《きみ》からの返事《へんじ》は、ぱったり無《な》くなった。そのうちに、れいの空襲《くうしゅう》がはじまり、内地《ないち》も戦場《せんじょう》になって来《き》た。僕《ぼく》は二度《にど》も罹災《りさい》して、とうとう、故郷《こきょう》の津軽《つがる》の家《いえ》の*居候《いそうろう》という事《こと》になり、毎日《まいにち》、浮《う》かぬ気持《きもち》で暮《くら》している。君《きみ》は未《いま》だに帰還《きかん》した様子《ようす》も無《な》い。帰還《きかん》したら、きっと僕《ぼく》のところに、その知《し》らせの手紙《てがみ》が君《きみ》から来《く》るだろうと思《おも》って待《ま》っているのだが、なんの音沙汰《おとさた》も無《な》い。君《きみ》たち全部《ぜんぶ》が元気《げんき》で帰還《きかん》しないうちは、僕《ぼく》は酒《さけ》を飲《の》んでも、まるで酔《よ》えない気持《きもち》である。自分《じぶん》だけ生《い》き残《のこ》って、酒《さけ》を

千早城《ちはやじょう》の正成《まさしげ》　1332年《ねん》、楠木正成《くすのきまさしげ》が築《きず》いた城《しろ》。現在《げんざい》の大阪府《おおさかふ》南河内郡《みなみかわちぐん》千早赤阪村《ちはやあかさかむら》の金剛山《こんごうさん》中腹《ちゅうふく》にあった。正成《まさしげ》が立《た》てこもり、少数《しょうすう》の兵《へい》で鎌倉《かまくら》幕府《ばくふ》の大軍《たいぐん》に抗戦《こうせん》した。

菊水《きくすい》の旗《はた》　流《なが》れる水《みず》の上《うえ》に菊《きく》の花《はな》が浮《う》かび上《あ》がった模様《もよう》の名前《なまえ》。楠木氏《くすのきし》の家紋《かもん》として有名《ゆうめい》。

居候《いそうろう》　他人《たにん》の家《いえ》に居《い》ついて、養《やしな》ってもらっている人《ひと》。ここでは他人《たにん》の家《いえ》ではない。

太宰治

飲《の》んでいたって、ばからしい。ひょっとしたら、僕《ぼく》はもう、酒《さけ》をよす事《こと》になるかも知《し》れぬ。

立《りっ》棺《かん》

田《た》村《むら》隆《りゅう》一《いち》

田村隆一

I

わたしの屍体《したい》に手《て》を触《ふ》れるな
おまえたちの手《て》は
「死《し》」に触《ふ》れることができない
わたしの屍体《したい》は
群衆《ぐんしゅう》のなかにまじえて
雨《あめ》にうたせよ

われわれには手《て》がない
われわれには死《し》に触《ふ》れるべき手《て》がない

わたしは都会《とかい》の窓《まど》を知《し》っている

わたしはあの誰《だれ》もいない窓《まど》を知《し》っている
どの都市《とし》へ行《い》ってみても
おまえたちは部屋《へや》にいたためしがない
結婚《けっこん》も仕事《しごと》も
情　熱《じょうねつ》も眠《ねむ》りも　そして死《し》でさえも
おまえたちの部屋《へや》から追《お》い出《だ》されて
おまえたちのように失業者《しつぎょうしゃ》になるのだ

われわれには職《しょく》がない
われわれには死《し》に触《ふ》れるべき職《しょく》がない

わたしは都会《とかい》の雨《あめ》を知《し》っている
わたしはあの蝙蝠傘《こうもりがさ》の群《む》れを知《し》っている

田村隆一

どの都市《とし》へ行《い》ってみても
おまえたちは屋根《やね》の下《した》にいたためしがない
価値《かち》も信仰《しんこう》も
革命《かくめい》も希望《きぼう》も　また生《せい》でさえも
おまえたちの屋根《やね》の下《した》から追《お》い出《だ》されて
おまえたちのように失業者《しつぎょうしゃ》になるのだ

われわれには職《しょく》がない
われわれには生《せい》に触《ふ》れるべき職《しょく》がない

Ⅱ

わたしの屍体《したい》を地《ち》に寝《ね》かすな
おまえたちの死《し》は

地《ち》に休《やす》むことができない
わたしの屍体《したい》は
立棺《りっかん》*のなかにおさめて
直立《ちょくりつ》させよ

地上《ちじょう》にはわれわれの墓《はか》がない
地上《ちじょう》にはわれわれの屍体《したい》をいれる墓《はか》がない

わたしは地上《ちじょう》の死《し》を知《し》っている
わたしは地上《ちじょう》の死《し》の意味《いみ》を知《し》っている
どこの国《くに》へ行《い》ってみても
おまえたちの死《し》が墓《はか》にいれられたためしがない
河《かわ》を流《なが》れて行《い》く小娘《こむすめ》の屍骸《しがい》

立棺《りっかん》 遺体《いたい》を入《い》れる棺《ひつぎ》を直立《ちょくりつ》させた状態《じょうたい》。

田村隆一

射殺《しゃさつ》された小鳥《ことり》の血《ち》　そして虐殺《ぎゃくさつ》された多《おお》くの声《こえ》が
おまえたちの地上《ちじょう》から追《お》い出《だ》されて
おまえたちのように亡命者《ぼうめいしゃ》になるのだ

地上《ちじょう》にはわれわれの国《くに》がない
地上《ちじょう》にはわれわれの死《し》に価《あた》いする国《くに》がない

わたしは地上《ちじょう》の価値《かち》を知《し》っている
わたしは地上《ちじょう》の失《うしな》われた価値《かち》を知《し》っている
どこの国《くに》へ行《い》ってみても
おまえたちの生《せい》が大《おお》いなるものに満《み》たされたためしがない
未来《みらい》の時《とき》まで刈《か》りとられた麦《むぎ》
罠《わな》にかけられた獣《けもの》たち　またちいさな姉妹《しまい》が

おまえたちの生《せい》から追《お》い出《だ》されて
おまえたちのように亡命者《ぼうめいしゃ》になるのだ

地上《ちじょう》にはわれわれの国《くに》がない
地上《ちじょう》にはわれわれの生《せい》に価《あた》いする国《くに》がない

Ⅲ

わたしの屍体《したい》を火《ひ》で焼《や》くな
おまえたちの死《し》は
火《ひ》で焼《や》くことができない
わたしの屍体《したい》は
文明《ぶんめい》のなかに吊《つ》るして
腐《くさ》らせよ

田村隆一

われわれには火《ひ》がない
　われわれには屍体《したい》を焼《や》くべき火《ひ》がない

わたしはおまえたちの文明《ぶんめい》を知《し》っている
わたしは愛《あい》も死《し》もないおまえたちの文明《ぶんめい》を知《し》っている
どの家《いえ》へ行《い》ってみても
おまえたちは家族《かぞく》とともにいたためしがない
父《ちち》の一滴《いってき》の涙《なみだ》も
母《はは》の子《こ》を産《う》む痛《いた》ましい歓《よろこ》びも　そして心《こころ》の問題《もんだい》さえも
おまえたちの家《いえ》から追《お》い出《だ》されて
おまえたちのように病《や》める者《もの》になるのだ

われわれには愛《あい》がない
われわれには病《や》める者《もの》の愛《あい》だけしかない

わたしはおまえたちの病室《びょうしつ》を知《し》っている
わたしはベッドからベッドへつづくおまえたちの夢《ゆめ》を知《し》っている
どの病室《びょうしつ》へ行《い》ってみても
おまえたちはほんとうに眠《ねむ》っていたためしがない
ベッドから垂《た》れさがる手《て》
大《おお》いなるものに見《み》ひらかれた眼《め》　また渇《かわ》いた心《こころ》が
おまえたちの病室《びょうしつ》から追《お》い出《だ》されて
おまえたちのように病《や》める者《もの》になるのだ

われわれには毒《どく》がない

田村隆一

われわれにはわれわれを癒《いや》すべき毒《どく》がない

ヒロシマの歌《うた》

今西祐行《いまにしすけゆき》

わたしはそのとき、水兵《すいへい》だったのです。広島《ひろしま》から三十《さんじっ》キロばかりはなれた呉《くれ》*の山《やま》の中《なか》で、陸戦隊《りくせんたい》*の訓練《くんれん》を受《う》けていたのです。そしてアメリカの飛行機《ひこうき》が原爆《げんばく》を落《お》とした日《ひ》の夜《よる》、七日《なのか》の午前三時《ごぜんさんじ》ごろ、広島《ひろしま》の町《まち》へ行《い》ったのです。

町《まち》の空《そら》は、まだ燃《も》えつづけるけむりで、ぼうっと赤《あか》くけむっていました。ちろちろと火《ひ》の燃《も》えている道《みち》を通《とお》り、広島駅《ひろしまえき》の裏《うら》にある東練兵場《ひがしれんぺいじょう》*へ行《い》きました。

ああ、その時《とき》のおそろしかったこと。広《ひろ》い練兵場《れんぺいじょう》の全体《ぜんたい》が、黒《くろ》ぐろと、死人《しにん》と、動《うご》けない人《ひと》のうめき声《ごえ》で、うずまっていたのです。

やがて東《ひがし》の空《そら》がうすあかるくなって、夜《よ》が明《あ》けました。わたしたち

呉《くれ》　広島県南西部《ひろしまけんなんせいぶ》に位置《いち》する市《し》。海軍《かいぐん》の軍港《ぐんこう》があった。

陸戦隊《りくせんたい》　旧《きゅう》日本海軍《にほんかいぐん》が陸上《りくじょう》での戦闘《せんとう》などのために編成《へんせい》した部隊《ぶたい》。

練兵場《れんぺいじょう》　軍隊《ぐんたい》の戦闘訓練《せんとうくんれん》や演習《えんしゅう》などを行《おこな》う場所《ばしょ》。

は、地獄《じごく》の真《ま》ん中《なか》に立《た》っていました。本当《ほんとう》に、足《あし》のふみ場《ば》もないほど人《ひと》がいたのです。暗《くら》いうちは見《み》えませんでしたが、それがみなお化《ば》け。目《め》も耳《みみ》もないのっぺらぼう。ぼろぼろの兵隊服《へいたいふく》から、ぱんぱんにふくれた素足《すあし》を出《だ》して死《し》んでいる兵隊《へいたい》たち。べろりと皮《かわ》をはがれて、首《くび》だけ起《お》こして、きょとんとわたしたちをながめている軍馬《ぐんば》。だれも話《はな》している者《もの》はありませんでした。ただ、うなっているか、わめいているばかりです。そして、まだまだ、町《まち》のほうから、ぞろりぞろりと、同《おな》じような人《ひと》たちが、練兵場《れんぺいじょう》に流《なが》れてくるのです。

練兵場《れんぺいじょう》の中《なか》ほどに、演習用《えんしゅうよう》に、長《なが》ながとクリーク（みぞ）がほってありました。そこには、赤《あか》くにごった水《みず》がたまっていました。

焼《や》けただれた人《ひと》びとは、いつの間《ま》にかその水《みず》を求《もと》めてはい寄《よ》り、まるではげしい毒薬《どくやく》を飲《の》んだように、水《みず》を口《くち》にすると、浅《あさ》い水《みず》たまりに頭《あたま》をつっこんで動《うご》かなくなっていくのです。

「水《みず》を飲《の》ましちゃいかんぞ。やけどしているやつに水《みず》を飲《の》ませると死《し》ぬんだから。」

軍医《ぐんい》がわたしたちに注意《ちゅうい》しました。だが、わたしたちが注意《ちゅうい》してみても、もう注意《ちゅうい》など聞《き》ける人《ひと》びとではありません。わたしたちは止《と》めませんでした。水《みず》を飲《の》まなくても、間《ま》もなく死《し》んでいくのですから。

わたしたちは、練兵場《れんぺいじょう》の真《ま》ん中《なか》に、死体《したい》をよけて、テントを張《は》り、救護所《きゅうごじょ》を作《つく》りました。

軍医《ぐんい》が、ごろごろころがっている人《ひと》びとの目《め》を、一人一人《ひとりひとり》、まるで魚《さかな》をより分《わ》けるように調《しら》べていきます。わたしたちは、その中《なか》で生《い》きている人《ひと》だけを、テントに運《はこ》ぶのです。

テントは、すぐにいっぱいになりました。木《こ》かげや、しまいには何《なに》もないぎらぎら太陽《たいよう》の照《て》りつける草原《くさはら》にも、赤十字《せきじゅうじ》*の小《ちい》さな旗《はた》を立《た》てて、生《い》きている人《ひと》をただ集《あつ》めるだけでした。

赤十字《せきじゅうじ》　戦時《せんじ》における傷病者《しょうびょうしゃ》・捕虜《ほりょ》の保護《ほご》を目的《もくてき》とする国際協力組織《こくさいきょうりょくそしき》。白地《しろじ》に赤《あか》の十字形《じゅうじがた》を旗印《はたじるし》とした。

一日目《いちにちめ》は、死体《したい》を運《はこ》んでいるうちにくれました。夜《よる》になると、まだ燃《も》え残《のこ》っている火《ひ》で町《まち》の空《そら》は赤《あか》く、その赤《あか》い空《そら》の色《いろ》が、クリークの水《みず》に映《うつ》って、まるで血《ち》の川《かわ》の色《いろ》をしていました。ずるりと焼《や》けただれた人《ひと》のはだににじんだリンパ液《えき》も、不気味《ぶきみ》に光《ひか》ってうごめいているのです。

わたしたちは、練兵場《れんぺいじょう》の外《はず》れにある林《はやし》の中《なか》にテントを張《は》って、交替《こうたい》にねることになりました。

その夜《よる》、ふとわたしは赤《あか》んぼうの声《こえ》を聞《き》きました。初《はじ》めはゆめを見《み》ているのだと思《おも》ったのです。でも、少《すこ》しねむると、また赤《あか》んぼうの声《こえ》で目《め》を覚《さ》ますのです。とうとう、わたしは起《お》き出《だ》して、懐中電燈《かいちゅうでんとう》で、声《こえ》のするほうを探《さが》し始《はじ》めました。でも、見当《みあ》たりませんでした。

そのうちに、交替《こうたい》の時間《じかん》がきました。わたしたちは、テントを出《で》て、それから四時間《よじかん》、くずれた建物《たてもの》や土《つち》にうずまった広島駅《ひろしまえき》の復旧作業《ふっきゅうさぎょう》に行《い》きました。そして、夜明《よあ》けにテントに帰《かえ》ってきました。そのとき、わたしは、自分《じぶん》たちのテントのすぐ後《うし》ろで、立《た》ちすくみました。ここだったのです。

一人《ひとり》の赤《あか》ちゃんが、女《おんな》の人《ひと》にだかれていました。初《はじ》め、わたしは女《おんな》の人《ひと》はねむっているのだと思《おも》いました。赤《あか》ちゃんはお母《かあ》さんの胸《むね》にうつぶせて、顔《かお》をくっつけていました。すると、そのとき、

「ミーちゃん、ミーちゃん。あんた、ミ子《こ》ちゃんよねえ。」

と、とつぜん女《おんな》の人《ひと》が声《こえ》を出《だ》して、赤《あか》ちゃんの顔《かお》や頭《あたま》をなでるのです。よく見《み》ると、お母《かあ》さんは、目《め》が見《み》えないらしいのです。

このお母《かあ》さんは、ミーちゃんと呼《よ》ぶこの赤《あか》ちゃんと、はなれた所《ところ》にいるときに、あのおそろしいことが起《お》こったにちがいありません。目《め》がよく見《み》えないままに、おしつぶされた家《いえ》の中《なか》から、それとも、だれかほかの人《ひと》に助《たす》け出《だ》されていたミーちゃんを探《さが》し出《だ》して、やっとここまでにげてきたのでしょう。だが、よく赤《あか》ちゃんの顔《かお》が見《み》えなくて、心配《しんぱい》で、お

そろしいのです。

「ミーちゃん、ミーちゃん。」

と、呼《よ》ぶのをやめたかと思《おも》うと、お母《かあ》さんは、こんこんとねむりこんでしまいました。と、赤《あか》ちゃんが泣《な》き始《はじ》めました。と、また、お母《かあ》さんが呼《よ》ぶ。お母《かあ》さんは、だんだん気《き》が遠《とお》くなっていくようでした。背《せ》中《なか》から後頭部《こうとうぶ》にかけて、ずるりと皮《かわ》が落《お》ちているのでした。

「しっかりするんだ。お母《かあ》さん、しっかりしなきゃ……」

わたしは思《おも》わず、そんなことをさけびました。でも、お母《かあ》さんは、わたしにこたえる様子《ようす》はありません。しばらくすると、また、

「ミーちゃん、ミーちゃんよねえ。」

と、くり返《かえ》すばかりです。わたしは、このままにして、立《た》ち去《さ》れなくなりました。といって、どうすればいいのか、さっぱり分《わ》かりません。

「しっかり、しっかり……」ただそんなことばかり、心《こころ》の中《なか》でさけんで

いました。

軍医《ぐんい》のいる所《ところ》へ連《つ》れて行《い》ったらいいものかどうか、そんなことに迷《まよ》いながら、いったんテントに帰《かえ》りました。すると、それまでより大《おお》きな赤《あか》ちゃんの泣《な》き声《ごえ》がしました。しかも、いつまでたっても、泣《な》きつづけるのです。

行《い》って見《み》ると、お母《かあ》さんは、もう死《し》んでいました。赤《あか》ちゃんのくわえていたおっぱいが、固《かた》くなってしまったのです。お母《かあ》さんは、赤《あか》ちゃんをしっかりだいたまま、動《うご》きませんでした。

わたしは、赤《あか》ちゃんをだき取《と》りました。そのときの、固《かた》くだきしめた冷《つめ》たいお母《かあ》さんの手《て》の力《ちから》、わたしは今《いま》もまざまざと思《おも》い出《だ》すことができます。わたしは何度《なんど》も、お母《かあ》さんから赤《あか》ちゃんをうばい取《と》るような気《き》がして、気《き》がとがめ、考《かんが》えこみました。その手《て》は、生《い》きているとしか思《おも》えませんでした。

「だいじょうぶですよ。お母《かあ》さん、わたしがあずかります。」

わたしは兵隊《へいたい》でしたし、あずかりきれるわけはありません。それでも、そうお母《かあ》さんにいわないと、赤《あか》ちゃんをもぎ取《と》ることができませんでした。

わたしはその赤《あか》ちゃんをだいて、駅《えき》のほうへ走《はし》りました。とちゅうで、名前《なまえ》のことを思《おも》い出《だ》しました。引《ひ》き返《かえ》して、お母《かあ》さんの胸《むね》から、ぬい付《つ》けてあった布《ぬの》の名前《なまえ》をちぎり取《と》りました。

しかし、どこへ行《い》っても赤《あか》ちゃんをわたせそうな人《ひと》など歩《ある》いていませんみんな、傷《きず》ついた自分《じぶん》の体《からだ》をどうすればいいのか迷《まよ》っているのです。とても人《ひと》のことなど頭《あたま》にうかばないし、見《み》えないといった様子《ようす》です。

駅《えき》の近《ちか》くまで行《い》ったとき、やっとリヤカーに荷物《にもつ》を積《つ》んでにげて行《い》く二人《ふたり》の人《ひと》に会《あ》いました。

「もしもし、この赤《あか》ちゃんを乗《の》せて行《い》ってくれませんか。母親《ははおや》が死《し》んでるんです。けがはなさそうですがね。この子《こ》には……」

わたしはそういって、ポケットに昨夜《さくや》の夜食《やしょく》のかんぱん*があるのを思《おも》い出《だ》して、いっしょに出《だ》しました。

しばらく、二人《ふたり》ははっとしたように顔《かお》を見合《みあ》わせていましたが、

「ええでしょう、車《くるま》に乗《の》せてつかえ。駅《えき》に救護所《きゅうごじょ》あるでしょうから。ごちそうさんです。」

「ねがいます。」

わたしはそういうと、せっかく取《と》りに帰《かえ》った名《な》ふだをわたすのも忘《わす》れて、大急《おおいそ》ぎで帰《かえ》りました。とちゅうで名《な》ふだのことを思《おも》い出《だ》しましたが、もう追《お》いかけるひまはありませんでした。

わたしは大急《おおいそ》ぎでテントに帰《かえ》ったのですが、もう食事《しょくじ》が始《はじ》まっていました。わたしは、どこへ行《い》っていたのかときかれて、兵長《へいちょう》にしかられ、

かんぱん　ビスケットのようにかたく焼《や》いた小《ちい》さなパン。水分《すいぶん》が少《すく》ないため、保存性《ほぞんせい》が高《たか》く持《も》ち運《はこ》びしやすい。

ひどくぶたれました。なぜか、わたしは赤《あか》ちゃんのことを話《はな》しませんでした。いくら説明《せつめい》しても、それは、兵隊《へいたい》のわたしが、かってな行動《こうどう》をとっただけのことなのですから。戦争《せんそう》ということが、こんな悲《かな》しいものであることを、そのとき初《はじ》めて知《し》りました。

それから長《なが》い年月《としつき》がたちました。

戦争《せんそう》が終《お》わって、七年目《しちねんめ》のある日《ひ》、わたしはラジオから聞《き》こえてくる言葉《ことば》に、はっとしました。それはたずね人《びと》の時間《じかん》でした。

「……さんが、広島《ひろしま》の練兵場《れんぺいじょう》で、一《ひと》つか二《ふた》つの赤《あか》んぼうを、リヤカーを引《ひ》いて行《い》く家族《かぞく》の人《ひと》にあずけた海軍《かいぐん》の兵士《へいし》のかたを探《さが》しておられます。」

というのです。まさかと思《おも》いました。それに、初《はじ》めのほうを聞《き》きもらしているので、たずねている人《ひと》の住所《じゅうしょ》も分《わ》かりません。

でもわたしは、もうすっかり忘《わす》れていたあの日《ひ》のことを、急《きゅう》にまざまざと思《おも》い出《だ》しました。ミ子《こ》ちゃんと呼《よ》ばれていた赤《あか》ちゃんのお母《かあ》さんの死《し》に顔《がお》は、はっきりと目《め》にうかびました。はじめ、なんだかあのお母《かあ》さんが、探《さが》しているようなさっかくを起《お》こしました。だが、そんなことがあるはずがありません。もしかすると、あのリヤカーを引《ひ》いて行《い》った人《ひと》だろうか。でもわたしは、あのときミ子《こ》ちゃんをたのんだ人《ひと》の顔《かお》は、どうしても思《おも》い出《だ》せませんでした。

それから三日間《みっかかん》、ラジオのたずね人《びと》の時間《じかん》を熱心《ねっしん》に聞《き》きました。くり返《かえ》し放送《ほうそう》するかもしれないと思《おも》ったからです。しかし、二度《にど》と聞《き》くことができませんでした。

わたしはふと、あのとき、お母《かあ》さんの胸《むね》からもぎ取《と》った名《な》ふだを、あのころの手帳《てちょう》といっしょにだいじに持《も》ちつづけていたことを思《おも》い出《だ》しました。長《なが》い間《あいだ》かかって、それを探《さが》し出《だ》すと、わたしは放送局《ほうそうきょく》へ行《い》って、たずねてきている人《ひと》の住所《じゅうしょ》を教《おし》えてもらいました。たずねている人《ひと》の名《な》前《まえ》は女《おんな》の名《な》で、住所《じゅうしょ》は島根県《しまねけん》になっていました。
あるいは、まったくわたしには関係《かんけい》のないことかもしれないとも思《おも》いましたが、とにかく、あのときの様子《ようす》を書《か》いて、もしやわたしのことではないでしょうかと手紙《てがみ》を出《だ》しました。すると、すぐに返事《へんじ》がきました。それには意外《いがい》なことが書《か》いてありました。

――こんなに早《はや》く、あなた様《さま》からご返事《へんじ》いただけるとはゆめにも考《かんが》えていませんでした。はたして、あのときの兵隊《へいたい》さんが生《い》きていらっしゃるかどうか、また、たとえお元気《げんき》であっても、あのときのことなど、おぼえていて、返事《へんじ》を下《くだ》さるかどうか、それほどあてにもしていなかったぐらいです。でも、どうしても、あのときの、赤《あか》んぼうをだいてかけていらっしゃった兵隊《へいたい》さんのことを思《おも》うと、だまっていられなくて、放送《ほうそう》局《きょく》におねがいしたのでした。

あのとき、わたしたちは、それほど気《き》にもしないで、まるで荷物《にもつ》のように赤《あか》ちゃんをあずかりましたが、駅《えき》に行《い》っても、どこへ行《い》っても、赤《あか》んぼうは引《ひ》き取《と》ってもらえませんでした。わたしたちは、遠《とお》い親類《しんるい》をたよって、廿日市《はつかいち》まで行《い》くところでした。その廿日市《はつかいち》へ行《い》っても、だれも相手《あいて》にしてくれる人《ひと》はありませんでした。

そのうちに、

「この子《こ》はきっと、ヒロ子《こ》の生《う》まれかわりよね。」

そんなことを考《かんが》えるようになりました。と申《もう》しますのは、あのとき、わたしたちは目《め》の前《まえ》で自分《じぶん》たちの赤《あか》んぼうをなくしたところだったのです。それで、名前《なまえ》も同《おな》じヒロ子《こ》にして、今《いま》まで育《そだ》ててきました。

ところが、今年《ことし》の二月《にがつ》、主人《しゅじん》がとつぜん、血《ち》をはいて死《し》んだのです。主人《しゅじん》は広《ひろ》*（地名《ちめい》）の工廠《こうしょう》*に勤《つと》めていまして、あのピカドンの光《ひかり》にはぜんぜんあたっていないのです。工場《こうじょう》から帰《かえ》ってくると、家《いえ》も何《なに》もかもな

広《ひろ》　呉市《くれし》中央部《ちゅうおうぶ》に位置《いち》する。

工廠《こうしょう》　旧陸海軍《きゅうりくかいぐん》が直接運営《ちょくせつうんえい》していた工場《こうじょう》。兵器《へいき》や弾薬《だんやく》などの軍需品《ぐんじゅひん》を製造《せいぞう》・修理《しゅうり》していた。

かったのです。それなのに、六年《ろくねん》もたっているというのに、原爆症《げんばくしょう》で白血病《はっけつびょう》だったのです。

主人《しゅじん》に急《きゅう》に死《し》なれて、わたしたちはくらせなくなったのです。今《いま》、主人《しゅじん》の里《さと》の、広島《ひろしま》と島根《しまね》の県境《けんざかい》のこの村《むら》に来《き》ているのですが、どうしてこの子《こ》を育《そだ》てていったものか迷《まよ》ったあげく、あの日《ひ》のことを思《おも》い出《だ》し、もしや、この子《こ》の本当《ほんとう》の身内《みうち》のかたが見《み》つからないものかと、たずね人《びと》に出《だ》したわけでございます……。

「ありがとうございました。ありがとうございました。ミ子《こ》ちゃんは元気《げんき》で、助《たす》かったのですね。」

わたしは思《おも》わず独《ひと》り言《ごと》をいって、一人《ひとり》で手紙《てがみ》に頭《あたま》を下《さ》げました。

それにしても、遠《とお》くにはなれているわたしは、どうすればいいのかわかりませんでした。わたしはすぐにもとんでいって、ミ子《こ》ちゃんに会《あ》ってみたいと思《おも》いました。でも、わたしも勤《つと》め人《にん》です。そう、かってに休《やす》むわけにもいきません。

わたしはすぐ返事《へんじ》を書《か》きました。夏《なつ》まで待《ま》ってください。夏《なつ》になったら、きっと休《やす》みをもらって、広島《ひろしま》へ行《い》きます。広島《ひろしま》でお会《あ》いして、いろいろわたしにできることなら相談《そうだん》いたしましょう。そういう返事《へんじ》を出《だ》しました。

その年《とし》の夏《なつ》、ちょうどあの日《ひ》のように朝《あさ》からぎらぎらと暑《あつ》い日《ひ》、広島《ひろしま》の駅《えき》で、わたしたちは会《あ》いました。赤《あか》いズックぐつに、セーラー型《がた》のワンピースを着《き》ている一年生《いちねんせい》というのが、目印《めじるし》でした。わたしは、白《しろ》いワイシャツにハンチング、こん色《いろ》のズボンというのが目印《めじるし》の約束《やくそく》でした。

すぐに分《わ》かりました。

「橋本《はしもと》さんですね。」

「はい。あの……」

「ぼく、稲毛《いなげ》です……」

ふしぎな気持《きも》ちでした。あと何《なに》を話《はな》しだしていいのか分《わ》かりませんでした。広島《ひろしま》の町《まち》はすっかり変《か》わっていました。ミ子《こ》ちゃんは、はずかしそうに、何《なに》をいってもだまって、お母《かあ》さんのそでにかくれていました。

「ああ、この子《こ》は何《なに》も知《し》らないのだな。幸《しあわ》せだな。」

わたしは最初《さいしょ》に、そう思《おも》いました。

その日《ひ》、初《はじ》めて、わたしはあの日《ひ》死《し》んでいったミ子《こ》ちゃんのお母《かあ》さんの話《はなし》をしました。とちゅうまでいっしょうけんめいに聞《き》いていたお母《かあ》さんは、急《きゅう》にぼろぼろとなみだを流《なが》しだして、

「ええ、もう、今日《きょう》お会《あ》いするまでに、決心《けっしん》したのです。ヒロ子《こ》はやっぱりわたしの子《こ》です。だれがなんといったって、あげるものですか。」

ミ子《こ》ちゃんをだれかにあずけたいという相談《そうだん》をするためにきたはずのお母《かあ》さんは、そういって、泣《な》きじゃくるのです。

「そのお母《かあ》さんは、本当《ほんとう》にえらいお母《かあ》さんですわ。わたしははずかしい。目《め》の前《まえ》で、死《し》なせてしまったのですものね。そのかたに代《か》わって、わたしは、今度《こんど》こそ、本当《ほんとう》にヒロ子《こ》のお母《かあ》さんになります。遠《とお》い所《ところ》から来《き》ていただいて、すみませんでした。でも、こうしてお話《はなし》をうかがえたので、決心《けっしん》できたのです。」

わたしたちは、ミ子《こ》ちゃん――いいえ、ヒロ子《こ》ちゃんです、ヒロ子《こ》ちゃんのいない所《ところ》で話《はな》し合《あ》いました。ヒロ子《こ》ちゃんは、本当《ほんとう》のお母《かあ》さんだと思《おも》っているのですから。

ヒロ子《こ》ちゃんとお母《かあ》さんは、その日《ひ》の夕方《ゆうがた》の汽車《きしゃ》で、また島根《しまね》のほうへ帰《かえ》りました。わたしたちは、ヒロ子《こ》ちゃんが中学《ちゅうがく》を卒業《そつぎょう》したときに、また会《あ》う約束《やくそく》をしました。そのときまで、何《なに》もヒロ子《こ》ちゃんには打《う》ち明《あ》けないことにしました。

わたしは、ちょっとさびしい気《き》がしました。半日《はんにち》しか会《あ》えなかったからむりもありませんが、ヒロ子《こ》ちゃんと、何《なに》もお話《はなし》ができなかったからです。二人《ふたり》が汽車《きしゃ》に乗《の》ってから、プラットホームに売《う》っていた、パイナップルの氷菓子《こおりがし》を一袋《ひとふくろ》買《か》って、ヒロ子《こ》ちゃんにわたしました。そのとき、

「おーきに。」

と、いったきりでした。

そのときの、何《なに》かヒロ子《こ》ちゃんの暗《くら》いかげが、いつまでもわたしは気《き》になりました。すると、追《お》っかけるように手紙《てがみ》がきて、これはまた悲《かな》しいことが書《か》いてありました。

今《いま》いる島根《しまね》の家《いえ》は、死《し》んだ主人《しゅじん》の家《いえ》で、主人《しゅじん》の母《はは》、ヒロ子《こ》ちゃんの義《ぎ》理《り》のおばあさんにあたる人《ひと》が、ヒロ子《こ》のことが気《き》に入《い》らないのだというのです。死《し》んだ本当《ほんとう》の孫《まご》のことを思《おも》うにつけても、老人《ろうじん》の意地《いじ》の悪《わる》さで、何《なに》かとヒロ子《こ》ちゃんにあたるのだというのです。そして、とうとう

ある日《ひ》、

「おまえは拾《ひろ》われた子《こ》のくせに……」ということを、ヒロ子《こ》ちゃんにいっておこったのだそうです。

「やはり、本当《ほんとう》のことを、もういったほうがいいのでしょうか……」

お母《かあ》さんの手紙《てがみ》には、こう書《か》いてありました。

それはわたしにも分《わ》からないことでした。広島《ひろしま》で初《はじ》めて会《あ》ったときの感《かん》じでは、はっきりしなくても、何《なに》かヒロ子《こ》ちゃんも感《かん》じていることがあるようにも思《おも》われました。ヒロ子《こ》ちゃんをよそにやりたいというお母《かあ》さんの弱気《よわき》が、ヒロ子《こ》ちゃんにも敏感《びんかん》に感《かん》じとられていたのにちがいありません。わたしは、できれば、いなかの家《いえ》を出《で》て、ヒロ子《こ》ちゃんと二人《ふたり》でくらすことができないものだろうかと思《おも》い、そのことを書《か》き送《おく》りました。

すると、その年《とし》のくれ、ヒロ子《こ》ちゃん親子《おやこ》は、広島《ひろしま》に出《で》て、小《ちい》さな洋《よう》裁学校《さいがっこう》に住《す》みこみで働《はたら》けるようになったという手紙《てがみ》が来《き》ました。わたしはほっとしました。それからも二度《にど》三度《さんど》手紙《てがみ》が来《き》ましたが、その手紙《てがみ》もだんだん短《みじか》くなって、しまいには来《こ》なくなりました。わたしもいつかヒロ子《こ》ちゃんのことを、忘《わす》れていくようでした。

ところが、今年《ことし》の春《はる》、何年《なんねん》ぶりかで手紙《てがみ》が来《き》ました。ヒロ子《こ》ちゃんが中学《ちゅうがく》を卒業《そつぎょう》したのでした。

そして、ぜひ一度《いちど》会《あ》って、ヒロ子《こ》のお母《かあ》さんの話《はなし》などしてやってほしいとありました。

そうして、今年《ことし》の夏《なつ》、わたしはまた広島《ひろしま》を訪《たず》ねることになったのです。わたしは原爆《げんばく》の記念日《きねんび》を選《えら》びました。ヒロ子《こ》ちゃんはもう十六《じゅうろく》でした。中学《ちゅうがく》を卒業《そつぎょう》して、お母《かあ》さんが小使《こづか》いさんをしているその洋裁学校《ようさいがっこう》で、洋裁《ようさい》の勉強《べんきょう》をしているのでした。もうすっかりむすめさんのように大《おお》きくなっていました。

わたしは記念日《きねんび》を選《えら》んだことを、後悔《こうかい》していました。記念《きねん》のいろいろな行事《ぎょうじ》は、何《なに》かわたしたちの思《おも》い出《で》とかけはなれたものにしか思《おも》えなかったからです。

その日《ひ》、わたしはいよいよヒロ子《こ》ちゃんに、死《し》んだお母《かあ》さんのことを話《はな》す約束《やくそく》をして、二人《ふたり》で一日《いちにち》、町《まち》を歩《ある》き回《まわ》ったのです。でも、どこにも、そして、いつまでたっても、そのきっかけができないままに、つかれてしまいました。

夕方《ゆうがた》、わたしたちは一《いっ》けんの食堂《しょくどう》に入《はい》りました。その食堂《しょくどう》の裏《うら》は、川《かわ》に面《めん》していました。暑《あつ》いので、わたしたちはその川《かわ》の見《み》える窓《まど》の近《ちか》くに席《せき》をとりました。

「ヒロ子《こ》ちゃん、もう洋服《ようふく》ぬえるのかい？」

「いいえ、今《いま》、ワイシャツやってるんです。」

そんな話《はなし》を始《はじ》めながら、ふとわたしは窓《まど》の外《そと》を見《み》ました。なんだか、赤《あか》いものが、川《かわ》の上《うえ》から流《なが》れてくるのです。

「あっ、あれ。」

と、いうと、

「*とうろう流《なが》しです。去年《きょねん》もやっていました。きれいですよ。」

ヒロ子《こ》ちゃんが教《おし》えてくれました。わたしも、広島《ひろしま》のとうろう流《なが》しのことを新聞《しんぶん》で読《よ》んで知《し》っていました。去年《きょねん》、原爆犠牲者《げんばくぎせいしゃ》の*戒名《かいみょう》を書《か》いたとうろうを、川《かわ》に流《なが》しているのです。

わたしは、そうだ、今話《いまはな》さなければならないのだと思《おも》いました。

わたしはやっと、ポケットに持《も》っていた布《ぬの》の名《な》ふだを取《と》り出《だ》して、

「ヒロ子《こ》ちゃん、これなんだか知《し》ってる？」

と、ききました。

広島市横川町二《ひろしましよこかわちょうに》ー三《さん》
長谷川清子《はせがわきよこ》　A型《がた》

とうろう　明《あ》かりを安置《あんち》するための道《どう》具《ぐ》。竹《たけ》や木《き》などの枠《わく》に紙《かみ》や布《ぬの》を張《は》って、中《なか》に火《ひ》をともす。
戒名《かいみょう》　僧《そう》が死者《ししゃ》に与《あた》える名前《なまえ》。

と書《か》いた、うすよごれた小《ちい》さな名《な》ふだです。

「なんですか、それ。」

　ふしぎそうに、ちょっと指先《ゆびさき》でさわってみたりしました。わたしは、じっと窓《まど》の外《そと》のとうろうを見《み》ながら、あの日《ひ》のヒロ子《こ》ちゃんのお母《かあ》さんの話《はなし》をしました。ヒロ子《こ》ちゃんは、だまって聞《き》いている様子《ようす》でした。ヒロ子《こ》ちゃんが、わっと泣《な》きだしたりしたらどうしようと、わたしは心配《しんぱい》でした。でも、ふと、ヒロ子《こ》ちゃんの顔《かお》を見《み》て、わたしはほっとしました。ヒロ子《こ》ちゃんは、その名《な》ふだを胸《むね》のところにおさえ、わたしのほうを見《み》ると、にっこり笑《わら》って、

「あたし、お母《かあ》さんに似《に》てますか？」

と、いうのです。

　うれしいのやら、かわいそうなのやら、わたしのほうがすっかりなみだぐんでしまいました。

ヒロ子《こ》ちゃんは強《つよ》い子《こ》でした。どんなことにも負《ま》けていませんでした。

お母《かあ》さんが心配《しんぱい》するといけないからといって、わたしたちは、それからすぐ洋裁学校《ようさいがっこう》に帰《かえ》りました。食堂《しょくどう》を出《で》て、橋《はし》をわたろうとすると、とうろうを見《み》る人《ひと》たちでいっぱいでした。そこを通《とお》り過《す》ぎて、ちょっと暗《くら》い所《ところ》になりました。

「会《あ》ってみたいな……」

ポツンとヒロ子《こ》ちゃんが独《ひと》り言《ごと》のようにいいました。勝《か》ち気《き》*なヒロ子《こ》ちゃんは、そのとき、こっそり泣《な》いていたのかもしれません。

その日《ひ》は、わたしも洋裁学校《ようさいがっこう》の一部屋《ひとへや》にとめてもらいました。わたしが起《お》きると、ヒロ子《こ》ちゃんのお母《かあ》さんが出《で》てきて、

「ゆうべ、あの子《こ》はねないんですよ。」

と、いうのです。

勝《か》ち気《き》 他人《たにん》に負《ま》けまいとしてがんばる、気《き》の強《つよ》い性格《せいかく》。

「やっぱり。」

と、わたしが心配《しんぱい》そうにいうと、

「いいえねえ、あなたにワイシャツ作《つく》ってたんですよ。見《み》てやってください。」

そういって、うれしそうに、紙《かみ》に包《つつ》んだワイシャツを、こっそり見《み》せるのです。

「ないしょですよ。見《み》せたなんていったら、しかられますからね。」

そっとひろげてみると、そのワイシャツのうでに、小《ちい》さな、きのこのような原子雲《げんしぐも》のかさと、その下《した》に、S・Iと、わたしのイニシャルが水《みず》色《いろ》の糸《いと》でししゅうしてあるのです。

「よかったですね。」

「ええ、おかげさまで、もう何《なに》もかも安心《あんしん》ですもの……。」

お母《かあ》さんはそういって、笑《わら》いながらも、そっと目《め》をおさえるのでした。

わたしはその日《ひ》の夜《よる》、広島駅《ひろしまえき》で、汽車《きしゃ》が出《で》る時《とき》に、窓《まど》からそれを受《う》け取《と》りました。わたしはそれを胸《むね》にかかえながら、いつまでも十五年《じゅうごねん》の年《とし》月《つき》の流《なが》れを考《かんが》えつづけていました。

汽車《きしゃ》はするどい汽笛《きてき》を鳴《な》らして、登《のぼ》りにかかっていました。

カプリンスキー氏《し》

遠藤《えんどう》周作《しゅうさく》

*ワルシャワを朝《あさ》たち、*クラコフの町《まち》に着《つ》いたのは午後四時頃《ごごよじごろ》だった。

町《まち》は至《いた》るところに雪《ゆき》が残《のこ》っていた。私《わたし》たちの乗《の》った市電《しでん》が中世《ちゅうせい》の城壁《じょうへき》にそってカーブした時《とき》、軋《きし》んだ音《おと》をたてた。風《かぜ》はつめたく、雪《ゆき》と泥《どろ》で汚《よご》れた路《みち》を、毛皮《けがわ》の帽子《ぼうし》をかぶり、手袋《てぶくろ》をはめた人々《ひとびと》が黙々《もくもく》と歩《ある》いていた。ポーランドに来《き》て、まだ一週間《いっしゅうかん》もたっておらず、ポーランドの事情《じじょう》については何《なに》もわからなかったが、ワルシャワでもこのクラコフでも、人《にん》間《げん》の顔《かお》はすべて暗《くら》く、不機嫌《ふきげん》に見《み》える。冬《ふゆ》のせいかもしれぬ、そう、私《わたし》は思《おも》おうとした。

ワルシャワの出版社《しゅっぱんしゃ》が予約《よやく》してくれたホテルにつくと、着古《きふる》した洋服《ようふく》を着《き》た五十過《ごじゅうす》ぎの男《おとこ》がロビーの椅子《いす》から立《た》ちあがり、微笑《ほほえ》みながら私《わたし》

ワルシャワ　現在《げんざい》のポーランド共和国《きょうわこく》の首都《しゅと》。同国《どうこく》の中東部《ちゅうとうぶ》に位置《いち》する。

クラコフ　ポーランド共和国南部《きょうわこくなんぶ》の都市《とし》。14世紀《せいき》から300年《ねん》にわたってポーランド王国《おうこく》の首都《しゅと》がおかれた。

たちに近《ちか》づいてきた。

「カプリンスキーです。クラコフの作家《さっか》です」

彼《かれ》は私《わたし》と同《おな》じくらい下手《へた》な仏蘭西語《フランスご》で挨拶《あいさつ》をした。挨拶《あいさつ》をしながら彼《かれ》は＊鳶色《とびいろ》のやわらかな眼《め》で私《わたし》と妻《つま》とI君《くん》とを見《み》つめたが、そのやさしい微笑《びしょう》にはなぜか悲《かな》しそうな翳《かげ》があった。

「およろしかったら夜《よる》にならない前《まえ》、中世《ちゅうせい》の広場《ひろば》を御案内《ごあんない》しましょうか」

六時間《ろくじかん》の車《くるま》の旅行《りょこう》でくたびれていたものの、やっぱり私《わたし》はうなずいた。彼《かれ》をロビーに残《のこ》して部屋《へや》に荷物《にもつ》をおきにのぼり、着《き》がえをしていると洗面所《せんめんじょ》で手《て》を洗《あら》おうとした妻《つま》が嬉《うれ》しそうに叫《さけ》んだ。

「あら、赤《あか》くないお湯《ゆ》が出《で》るわ」

ワルシャワのホテルで私《わたし》たちは毎日《まいにち》、錆《さび》で褐色《かっしょく》に染《そま》った水《みず》で顔《かお》を洗《あら》い、口《くち》をすすいだのだ。

鳶色《とびいろ》　茶褐色《ちゃかっしょく》。

　カプリンスキー氏《し》は彼《かれ》の中古車《ちゅうこしゃ》に我々三人《われわれさんにん》をのせ、中世《ちゅうせい》の鐘楼《しょうろう》*や家《いえ》や教会《きょうかい》がまだそのまま残《のこ》っている広場《ひろば》に連《つ》れていってくれた。雪《ゆき》はこの広場《ひろば》も埋《う》めていて、その上《うえ》を買物籠《かいものかご》をさげ毛皮《けがわ》の帽子《ぼうし》をかぶった男女《だんじょ》が歩《ある》きまわっていた。寒《さむ》かった。さっきは夕陽《ゆうひ》のさしていた雪《ゆき》も次第《しだい》に蒼《あお》ざめ、靴《くつ》のなかが氷《こおり》のようにつめたくなった。

「ワルシャワはすべてナチス*のため破壊《はかい》されましたが、幸《さいわ》い、このクラコフは助《たす》かりました」とカプリンスキー氏《し》は私《わたし》と肩《かた》を並《なら》べながら話《はな》しかけた。「だから、この鐘楼《しょうろう》や教会《きょうかい》は十四世紀《じゅうよんせいき》のままです」

　彼《かれ》は時々《ときどき》、たちどまり、外套《がいとう》*のポケットからよごれたハンカチを出《だ》し、大《おお》きな音《おと》をたてて鼻《はな》をかんだ。

「私《わたし》の作品《さくひん》はみなこのクラコフの町《まち》が背景《はいけい》です。詩《し》も作《つく》りましたが、クラコフを賞《ほ》めたたえたものです」

　くたびれを感《かん》じはじめた。朝《あさ》からの旅行《りょこう》のせいではなく、自分《じぶん》とは

鐘楼《しょうろう》　鐘《かね》をつり下《さ》げて、つき鳴《な》らすための建物《たてもの》。

ナチス　ヒトラーを党首《とうしゅ》としたドイツの政党《せいとう》。第一次大戦後《だいいちじたいせんご》に台頭《たいとう》し、第《だい》二次大戦後《にじたいせんご》崩壊《ほうかい》した。

外套《がいとう》　寒《さむ》さや雨《あめ》を防《ふせ》ぐため、衣服《いふく》の上《うえ》に着《き》る衣類《いるい》。オーバーコートやマントなど。

まったく異質《いしつ》の作家《さっか》と話《はな》している時《とき》にいつも感《かん》じる疲《つか》れである。私《わたし》はさっきのホテルの部屋《へや》を思《おも》いだし、あそこに戻《もど》って久《ひさ》しぶりに錆《さ》びていない熱《あつ》い湯《ゆ》につかりたいと考《かんが》えた。

「鐘楼《しょうろう》の鐘《かね》は六時半《ろくじはん》になると鳴《な》ります。六世紀《ろくせいき》の間《あいだ》、この町《まち》では毎日《まいにち》、そうしてきたのです。鐘《かね》が鳴《な》ると昔《むかし》は町《まち》を囲《かこ》む城壁《じょうへき》の門《もん》を閉《と》じたわけです」

彼《かれ》は妻《つま》に時間《じかん》をたずね、間《ま》もなく六時半《ろくじはん》だと知《し》るとなぜか、一軒《いっけん》の家《いえ》かげに我々《われわれ》を連《つ》れていった。屋根《やね》から風《かぜ》に舞《ま》って雪《ゆき》の粉《こな》が我々《われわれ》の顔《かお》にあたった。

「ほら、もうすぐです。もうすぐ聞《きこ》えますよ」

秘密《ひみつ》でもうちあけるようにカプリンスキー氏《し》は私《わたし》の耳《みみ》に顔《かお》を近《ちか》づけたが、大蒜《にんにく》の臭《にお》いがその吐《は》く息《いき》に匂《にお》った。彼《かれ》が大蒜入《にんにくい》りのソーセージを食《た》べながら、クラコフを讃《たた》える詩《し》を作《つく》っている姿《すがた》がふと浮《うか》びあがった、その時《とき》、鐘《かね》の音《ね》がきこえた。反響《はんきょう》が灰色《はいいろ》の空《そら》に消《き》えるまでカプリンスキー氏《し》はうっとりと眼《め》を閉《と》じてそれを聞《き》いていた。

やっと広場《ひろば》の一角《いっかく》にある小《ちい》さなレストランに案内《あんない》してもらった。店内《てんない》には煖炉《だんろ》に火《ひ》が燃《も》え、頬《ほお》の真赤《まっか》な若《わか》い女《おんな》の子《こ》が真白《まっしろ》なテーブル・クロースにスープ皿《ざら》を並《なら》べていた。凍《こご》えた手足《てあし》を煖炉《だんろ》で暖《あたた》め、湯気《ゆげ》のたつ豆《まめ》のスープを口《くち》に入《い》れた時《とき》、はじめて救《すく》われたような気《き》になった。

食事中《しょくじちゅう》、カプリンスキー氏《し》は彼《かれ》の家族《かぞく》の話《はなし》をしてくれた。娘《むすめ》が一人《ひとり》いて、このクラコフの音楽学校《おんがくがっこう》で教《おし》えているという。話《はな》しながら彼《かれ》の顔《かお》にあのやさしい微笑《びしょう》がふたたび浮《う》かんだ。

「土曜日《どようび》の夜《よる》は、いつも娘《むすめ》と私《わたし》とで合奏《がっそう》をするのです」

「お嬢《じょう》さま、ピアノですか」

妻《つま》がたずねると、彼《かれ》は嬉《うれ》しそうに、

「いえ、ヴァイオリンです。ピアノを奏《ひ》くのは私《わたし》です」

「ピアノをあなたがお奏《ひ》きになるんですか」

「ええ。子供《こども》の時《とき》から。若《わか》い頃《ころ》は私《わたし》は姉《あね》ともよく、今《いま》の家《いえ》で合奏《がっそう》をしました。妹《いもうと》もヴァイオリンが上手《じょうず》でしてね」

　カプリンスキー氏《し》の家《いえ》はきっとクラコフの由緒《ゆいしょ》ある旧貴族《きゅうきぞく》か、地主《じぬし》の家《いえ》なのだろうと思《おも》った。水兵服《すいへいふく》を着《き》た少年《しょうねん》がその姉《あね》と客《きゃく》の前《まえ》で*コンチェルトを奏《かな》でている光景《こうけい》が私《わたし》の眼《め》にうかんだ。戦争前《せんそうまえ》のヨーロッパにはそんな家庭《かてい》が多《おお》かったぐらい、日本人《にほんじん》の私《わたし》も知《し》っていた。

「明日《あす》はどこに御案内《ごあんない》しましょう」

　*黒《くろ》すぐりのゼリーがデザートに出《だ》された時《とき》、スプーンを動《うご》かしながら、彼《かれ》はI君《くん》と私《わたし》にたずねた。

「この大教会《だいきょうかい》も古城《こじょう》も是非《ぜひ》、見《み》て頂《いただ》きたいのですが……」

「実《じつ》は……」と私《わたし》は少《すこ》し顔《かお》を強張《こわば》らせながら答《こた》えた。「クラコフに来《き》たのは……*アウシュヴィッツが近《ちか》いと聞《き》いたからでして……できればぼくた

コンチェルト　ピアノやバイオリン、チェロなどの独奏楽器《どくそうがっき》と、管弦楽《かんげんがく》との合奏曲《がっそうきょく》。協奏曲《きょうそうきょく》ともいう。

黒《くろ》すぐり　黒色《くろいろ》で酸味《さんみ》が強《つよ》い、小粒《こつぶ》の果実《かじつ》。カシスのこと。

アウシュヴィッツ　ポーランド共和国南《きょうわこくなん》部《ぶ》に位置《いち》する地方都市《ちほうとし》オシフィエンチムのドイツ語名《ごめい》。第二次世界大戦《だいにじせかいたいせん》中《ちゅう》、ユダヤ人強制収容所《じんきょうせいしゅうようじょ》があったことで知《し》られる。

ちはあの収容所《しゅうようじょ》を見《み》たいのです。家内《かない》だけはやめると言《い》っていますが……」

黒《くろ》すぐりのゼリーの上《うえ》で彼《かれ》のスプーンが動《うご》くのを突然《とつぜん》やめた。ゆっくり、カプリンスキー氏《し》は私《わたし》を凝視《ぎょうし》した。

「アウシュヴィッツですか」

「はい」

「では、……御案内《ごあんない》しましょう」

「しかし……なんなら家内《かない》をその古城《こじょう》に連《つ》れていってやってください。ぼくたちはタクシーで別行動《べっこうどう》をとれますから」

「いいえ。私《わたし》が御案内《ごあんない》するほうがいいと思《おも》います。私《わたし》は……あのアウシュヴィッツ収容所《しゅうようじょ》の囚人《しゅうじん》でしたから……」

小《ちい》さな針《はり》を一面《いちめん》にまきちらしたように落葉松《からまつ》*の森《もり》がきらきら光《ひか》っていた。枝《えだ》にかぶさった雪《ゆき》に陽《ひ》の光《ひかり》が反射《はんしゃ》しているのである。昨日《きのう》とちがって冬空《ふゆぞら》はからっと晴《は》れあがり、カプリンスキー氏《し》の中古車《ちゅうこしゃ》に乗《の》った私《わたし》たちはクラコフの町《まち》を一時間《いちじかん》ほど離《はな》れた耕作地《こうさくち》を走《はし》っていたがその車《くるま》のなかさえ暖《あたた》かかった。

アウシュヴィッツに行《い》くのは昔《むかし》から希望《きぼう》していたことだった。人間《にんげん》がどこまで堕《お》ちるかと言《い》うことより、そこで人間《にんげん》だったある神父《しんぷ》の死《し》の話《はなし》が私《わたし》を前《まえ》から感動《かんどう》させていた。日本《にほん》の長崎《ながさき》にも布教《ふきょう》に来《き》たその神父《しんぷ》は一時《いちじ》帰国《きこく》の折《おり》、この収容所《しゅうようじょ》に入《い》れられたが、死刑《しけい》を宣告《せんこく》された囚人《しゅうじん》を救《すく》うため、自《みずか》らが身代《みがわ》りになることを進《すす》んで申《もう》し出《で》て、飢餓室《きがしつ》のなかで息絶《いきた》えたのである。その彼《かれ》が閉《と》じこめられて一滴《いってき》の水《みず》も与《あた》えられず二週間後《にしゅうかんご》に死《し》んだ場所《ばしょ》を私《わたし》は一生《いっしょう》のうち、一度《いちど》は、見《み》ておきたかったのだ。

「アウシュヴィッツという標識《ひょうしき》が見《み》えましたよ」

落葉松《からまつ》 高《たか》さ約《やく》30mのマツ科《か》の落葉《らくよう》高木《こうぼく》。葉《は》は針状《はりじょう》で束《たば》のようになっている。

とＩ君《くん》が教《おし》えてくれた、Ｉ君《くん》はワルシャワ滞在《たいざい》の日本学生《にほんがくせい》でこの旅行《りょこう》中《ちゅう》、私《わたし》たち夫婦《ふうふ》の世話《せわ》をしてくれているのである。彼《かれ》もこの地獄《じごく》の収容所《しゅうようじょ》に来《く》るのは始《はじ》めてだった。

停車場《ていしゃば》があらわれた。雪《ゆき》のなかに＊引込《ひきこ》み線《せん》の線路《せんろ》が黒《くろ》くのび、貨車《かしゃ》が何台《なんだい》かとまっている。＊フランクルの「夜《よる》と霧《きり》」のなかに出《で》ていた写真《しゃしん》とそのままだ。この停車場《ていしゃば》に毎日《まいにち》、毎日《まいにち》、何万《なんまん》という男女《だんじょ》が貨車《かしゃ》に入《い》れられて運《はこ》ばれ、ここから収容所《しゅうようじょ》に向《む》かったのである。

運転席《うんてんせき》に坐《すわ》ったカプリンスキー氏《し》はさっきから何《なに》も言《い》わなかった。昨日《きのう》と同《おな》じ服《ふく》を着《き》て、昨日《きのう》と同《おな》じ古《ふる》ぼけた襟巻《えりまき》を首《くび》にまいた彼《かれ》はやや背《せ》をまげて停車場《ていしゃば》のあたりから左折《させつ》させた。むこうに森《もり》がみえ、路《みち》はその森《もり》に向《む》って真直《まっす》ぐに続《つづ》いている。左側《ひだりがわ》に二棟《にとう》のアパートがあって、その隣《とな》りに学校《がっこう》の校舎《こうしゃ》のような赤煉瓦《あかれんが》の古風《こふう》な建物《たてもの》が並《なら》んでいる。カプリンスキー氏《し》は車《くるま》を停《と》めた。

引込《ひきこ》み線《せん》　鉄道《てつどう》の本線《ほんせん》から分《わ》かれ、工場《こうじょう》や車庫《しゃこ》などに引《ひ》き込《こ》まれた線路《せんろ》。

フランクルの「夜《よる》と霧《きり》」　オーストリアのユダヤ系精神医学者《けいせいしんいがくしゃ》が自分自身《じぶんじしん》の体験《たいけん》をもとに、アウシュヴィッツの強制収容所《きょうせいしゅうようじょ》での記録《きろく》『夜《よる》と霧《きり》』を書《か》いた。

「着《つ》きました」
と彼《かれ》は私《わたし》たちをふりかえり、あの微笑《びしょう》を浮《う》かべた。微笑《びしょう》にはやっぱり諦《あきら》めたような悲《かな》しい翳《かげ》があった。

ここがアウシュヴィッツ収容所《しゅうようじょ》なのか。信《しん》じられなかった。冬空《ふゆぞら》はあくまで青《あお》い。空気《くうき》はつめたいが、爽《さわ》やかで、落葉松《からまつ》は小《ちい》さな針《はり》をまきちらしたようにきらきら光《ひか》っている。そして小鳥《ことり》が楽《たの》しげに鳴《な》いている。すべてが平和《へいわ》でしんと静《しず》かである。そのふかい静寂《せいじゃく》に包《つつ》まれて私《わたし》が学校《がっこう》の校舎《こうしゃ》かと思《おも》った収容所《しゅうようじょ》の建物《たてもの》が昔《むかし》のままに並《なら》んでいる。

耳《みみ》をすませてみた。収容所《しゅうようじょ》の方角《ほうがく》からは悲鳴《ひめい》も聞《きこ》えない。呻《うめ》き声《ごえ》も聞《きこ》えない。そこで死《し》んだ何十万人《なんじゅうまんにん》の人間《にんげん》がまるで声《こえ》をひそめ、私《わたし》たちの来《く》るのをじっと待《ま》っているのだ。カプリンスキー氏《し》は両手《りょうて》を上衣《うわぎ》のポケットに入《い》れて私《わたし》たち二人《ふたり》の前《まえ》を黙々《もくもく》と歩《ある》いている。

靴《くつ》の下《した》でかたい凍雪《しみゆき》が乾《かわ》いた音《おと》をたてている。陽光《ようこう》の反射《はんしゃ》する雪《ゆき》は眼《め》にまぶしいが、そのほうがまだ有難《ありがた》かった。三十年前《さんじゅうねんまえ》無数《むすう》の人間《にんげん》がガス室《しつ》に向《むか》って歩《ある》いていった同《おな》じ地面《じめん》を自分《じぶん》は今《いま》、踏《ふ》んでいる。それはたまらない感《かん》じだったが、兎《と》も角《かく》もその地面《じめん》を雪《ゆき》が覆《おお》い、かくしてくれているのだ。

雪《ゆき》の上《うえ》に鉄条網《てつじょうもう》と鉄《てつ》の門《もん》とが黒《くろ》く孤独《こどく》に見《み》えてきた、鉄《てつ》の門《もん》に写真《しゃしん》で見馴《みな》れた唐草模様《からくさもよう》の黒《くろ》い独逸《ドイツ》文字《もじ》が浮《うか》びあがっていた。「労働《ろうどう》は自由《じゆう》を与《あた》える」。小鳥《ことり》の声《こえ》がまた楽《たの》しげに聞《きこ》えてくる。そして構内《こうない》には私《わたし》たち三人《さんにん》のほか誰《だれ》も歩《ある》いてはいなかった。

カプリンスキー氏《し》は何《なに》も言《い》わない。さっきから私《わたし》には彼《かれ》の心《こころ》がわからなくなっていた。この人《ひと》がこの収容所《しゅうようじょ》でどんな経験《けいけん》をしたのか、何《なに》を見《み》たのか、こちらも好奇心《こうきしん》で問《と》うのをはばかったし、向《むこ》うも話《はな》してはくれなかった。しかし彼《かれ》にはこの地面《じめん》、この鉄門《てつもん》、あの建物《たてもの》、そして遠《とお》くに見《み》えるあの裸《はだか》の木々《きぎ》の一本一本《いっぽんいっぽん》に、忘《わす》れようとしても忘《わす》れられぬ思《おも》い出《で》がまつわりついている筈《はず》だ。私《わたし》がカプリンスキー氏《し》ならば二度《にど》とその場《ば》所《しょ》に戻《もど》ってきたくはない。まして日本《にほん》から来《き》た男《おとこ》を案内《あんない》しようという気《き》にもなれぬだろう。なんのために彼《かれ》が私《わたし》たちの前《まえ》を歩《ある》き、何《なに》を今《いま》、考《かんが》えているのか、私《わたし》にはわからない。着古《きふる》した外套《がいとう》に包《つつ》まれたその猫背《ねこぜ》のうしろ姿《すがた》を時々《ときどき》、見《み》ながら、私《わたし》たちはあとをついていった。

赤煉瓦《あかれんが》のひとつの建物《たてもの》に入《はい》った。そこの部屋《へや》には大《おお》きな硝子《ガラス》ケースに無数《むすう》の囚人《しゅうじん》たちの義足《ぎそく》や眼鏡《めがね》が収《おさ》められてあった。小《ちい》さな子供《こども》が持《も》ってきた玩具《おもちゃ》の山《やま》もあった。その山《やま》のなかに手《て》をあどけなくひろげた女《おんな》の子《こ》の人形《にんぎょう》が大《おお》きな丸《まる》い眼《め》で私《わたし》を見《み》あげていた。ながい間《あいだ》、私《わたし》はその人形《にんぎょう》の大《おお》きな眼《め》を見《み》つめていた。その眼《め》は怖《おそろ》しかった。

別《べつ》の建物《たてもの》には囚人《しゅうじん》たちの寝室《しんしつ》が残《のこ》っていた。三段《さんだん》になった木《き》の台《だい》の幅《はば》は二米《にメートル》もない。その二米《にメートル》の台《だい》に五人《ごにん》から六人《ろくにん》、寝《ね》かされたという。囚《しゅう》人《じん》の食器《しょっき》。木《き》の椀《わん》に一日《いちにち》、一度《いちど》だけ湯《ゆ》のようなスープと一個《いっこ》のパンしか与《あた》えられなかったという。囚人《しゅうじん》は四《よん》カ月後《げつご》には大半《たいはん》は骸骨《がいこつ》のように痩《や》せこけ、腹《はら》だけ異常《いじょう》にふくれあがって死《し》んでいった。部屋《へや》の一《ひと》つ一《ひと》つにはそれら日常生活《にちじょうせいかつ》の道具《どうぐ》と説明《せつめい》を書《か》いたプレートが並《なら》んでいる。

ある部屋《へや》には幽鬼《ゆうき》*のような囚人《しゅうじん》たちが並《なら》んでいる写真《しゃしん》があった。地面《じめん》に転《ころ》がされたままになっている死体《したい》のそばで、考《かんが》える力《ちから》も、感《かん》じる気《き》力《りょく》もなく、放心《ほうしん》したように一人立《ひとりた》っている中年《ちゅうねん》の男《おとこ》の写真《しゃしん》もあった。一《いっ》糸《し》まとわぬ裸《はだか》のまま、独逸兵《ドイツへい》の前《まえ》を走《はし》らされている女《おんな》や、主任《カーポ》*にゴム棒《ぼう》で撲《なぐ》られ、うずくまって手《て》で頭《あたま》を覆《おお》っている青年《せいねん》も写《うつ》されていた。

建物《たてもの》を出《で》るたび地面《じめん》の凍雪《しみゆき》の白《しろ》さが眼《め》を刺《さ》した。私《わたし》が息《いき》を大《おお》きく吐《つ》くと、I君《くん》も同《おな》じ動作《どうさ》をした。外《そと》の冷気《れいき》にも三十年前《さんじゅうねんまえ》、拷問《ごうもん》の臭《にお》い、悲《ひ》鳴《めい》と呻《うめ》き声《ごえ》、死臭《ししゅう》がこもっていたことは知《し》っていたものの、そうせざるをえなかったのだ。

物干台《ものほしだい》のように鉄棒《てつぼう》を支《ささ》えた二本《にほん》の柱《はしら》は絞首刑《こうしゅけい》を行《おこな》った跡《あと》だった。毎《まい》

幽鬼《ゆうき》　幽霊《ゆうれい》。亡霊《ぼうれい》。

主任《カーポ》　アウシュヴィッツに収容《しゅうよう》されたユダヤ人《じん》の中《なか》で、ほかの囚人《しゅうじん》の監督《かんとく》を行《おこな》う、看守《かんしゅ》としての役割《やくわり》を命《めい》じられたユダヤ人《じん》の呼《よ》び方《かた》。

朝《あさ》、点呼《てんこ》の時《とき》、囚人《しゅうじん》がこの前《まえ》に並《なら》ばされ、脱走《だっそう》を計《はか》った者《もの》が首《くび》をつられるのを見《み》ねばならなかった場所《ばしょ》である。

だがそれらを私《わたし》たちはカプリンスキー氏《し》から説明《せつめい》してもらったのではない。カプリンスキー氏《し》は相変《あいかわ》らず黙《だま》ったまま、私《わたし》たちが建物《たてもの》のなかや外《そと》に立《た》てられた立札《たてふだ》の、英仏語《えいふつご》で書《か》かれた説明書《せつめいが》きを読《よ》んでいる間《あいだ》も、じっとそばに立《た》っているだけだった。そして私《わたし》たちがその場《ば》から離《はな》れようとすると、また、くるりと背《せ》を向《む》けて黙々《もくもく》と歩《ある》いていくのだった。

彼《かれ》が今《いま》、私《わたし》たちを連《つ》れて行《い》こうとする方角《ほうがく》に煉瓦造《れんがづく》りの煙突《えんとつ》が二本《にほん》、そびえていた。雪《ゆき》をかぶったその二本《にほん》の煙突《えんとつ》を見《み》た時《とき》、自分《じぶん》が遂《つい》にあの大量虐殺《たいりょうぎゃくさつ》のガス室《しつ》に近《ちか》づいているのだと、すぐわかった。瞬間《しゅんかん》、体《からだ》の震《ふる》えるのを感《かん》じた。

相変《あいかわ》らず何処《どこ》かから小鳥《ことり》が楽《たの》しげに鳴《な》いている。空《そら》はあくまで青《あお》い。眩暈《めまい》がする。うつむいて、トロッコ用《よう》の二本《にはん》の線路《せんろ》の間《あいだ》を歩《ある》いていった。その線路《せんろ》はガス室で殺《ころ》した死体《したい》をトロッコで運《はこ》ぶためのものである。工場《こうじょう》のような内部《ないぶ》は虚《うつ》ろだった。あちこちに枯《か》れかかった花束《はなたば》が置《お》かれていた。巨大《きょだい》な無人《むじん》の室《へや》の一角《いっかく》に死体焼却炉《したいしょうきゃくろ》がくろい口《くち》を開《ひら》いてこちらを見《み》つめていた。その焼却炉《しょうきゃくろ》の上《うえ》にも枯《か》れた花束《はなたば》が幾《いく》つか、並《なら》んでいた。

隣《とな》りのもう一《ひと》つの大《おお》きな室《へや》もがらんとしていた。むきだしのコンクリートの壁《かべ》の四方《しほう》にパイプが走《はし》っている。天井《てんじょう》のあちこちに小《ちい》さな穴《あな》があいている。そこからガスが出《だ》されたのである。壁《かべ》には無数《むすう》の引掻《ひっか》いたような傷《きず》がある。ここで苦《くる》しみ、もがいた囚人《しゅうじん》たちが必死《ひっし》で爪《つめ》をたてた跡《あと》なのだ。

眼《め》をつぶったまま、じっと立《た》っていた。何《なに》も聞《きこ》えない。私《わたし》がアーと言《い》うと、そのアーと言《い》う声《こえ》が反響《はんきょう》してきた。

頭痛《ずつう》を怺《こら》えながら外《そと》に出《で》た。カプリンスキー氏《し》は外套《がいとう》のポケットに両《りょう》手《て》を入《い》れ、また黙《だま》って先《さき》を歩《ある》いていく。私《わたし》には彼《かれ》がそうやって、このアウシュヴィッツの苦《くる》しみを味《あじ》わわなかった私《わたし》たちに無言《むごん》の復讐《ふくしゅう》をやっているのではないかとさえ思《おも》われてきた。

ガス室《しつ》からそう遠《とお》くない赤煉瓦《あかれんが》の建物《たてもの》に来《く》ると、カプリンスキー氏《し》は勝手知《かってし》ったもののように中《なか》に消《き》えた。「第四《だいよん》ブロック。ここでは囚人《しゅうじん》の処刑《しょけい》と拷問《ごうもん》を行《おこな》った」というプレートが煉瓦《れんが》の壁《かべ》にはめこまれていた。右手《みぎて》に訊問室《じんもんしつ》が当時《とうじ》のまま、机《つくえ》や椅子《いす》をその位置《いち》に残《のこ》して保存《ほぞん》されていた。その隣《とな》りの部屋《へや》にはここで使用《しよう》した拷問《ごうもん》の道具《どうぐ》が並《なら》べられていた。鞭《むち》や鉄《てつ》の棒《ぼう》やロープがぶらさがっている。

その部屋《へや》を出《で》た時《とき》、私《わたし》は廊下《ろうか》の左側《ひだりがわ》の壁《かべ》が一面《いちめん》、塗《ぬ》りたくったようにべっとり灰色《はいいろ》なのに気《き》がついた。いや、それは塗《ぬ》りたくったのではなく、無数《むすう》の小《ちい》さな写真《しゃしん》がそこに飾《かざ》られていたのだ。

写真《しゃしん》はすべて、ここで殺《ころ》された囚人《しゅうじん》たちの顔《かお》だった。囚人《しゅうじん》たちはいずれも眼《め》を大《おお》きく見《み》ひらいている。私《わたし》たちを凝視《ぎょうし》している。今日《きょう》まで私《わたし》はこれほど恐怖《きょうふ》で歪《ゆが》んだ人間《にんげん》の顔《かお》を見《み》たことはなかった。彼等《かれら》はみな、棒《ぼう》縞《じま》の囚人服《しゅうじんふく》を着《き》て、頭《あたま》をそられていた。男《おとこ》かと思《おも》えばそれは女《おんな》の顔《かお》であり、子供《こども》かと思《おも》えばそれは娘《むすめ》だった。

カプリンスキー氏《し》がそばに立《た》っていた。彼《かれ》はゆっくりと右手《みぎて》をあげ、その一《ひと》つの写真《しゃしん》を指《ゆび》さした。丸坊主《まるぼうず》にされた青年《せいねん》のような若《わか》い女性《じょせい》がやはり眼《め》を見開《みひら》いて、私《わたし》たちを見《み》つめていた。

「私《わたし》の姉《あね》です」

彼《かれ》は言《い》った。そしてその顔《かお》に昨日《きのう》から私《わたし》がたびたび見《み》たあの諦《あきら》めたような微笑《びしょう》がゆっくり浮《うか》んだ。

すずかけ通《どお》り三《さん》丁《ちょう》目《め》

あまんきみこ

「すずかけ通《どお》り三丁目《さんちょうめ》までいってください。」

そのお客《きゃく》は、車《くるま》にのると、しずかな声《こえ》でいいました。四十《よんじゅう》ぐらいの、いろの白《しろ》い、ふっくらした女《おんな》の人《ひと》でした。

「すずかけ通《どお》り？」

と、松井《まつい》さんはききかえしました。そんな通《とお》りは、まだきいたことがなかったからです。

「ええ、すずかけ通《どお》り三丁目《さんちょうめ》です。」

お客《きゃく》は、白《しろ》いハンカチであせをふきながらこたえました。じっとしていても、あせがふきでてくるような、ま夏《なつ》の午後《ごご》です。

「なにか目《め》じるしのたてものが、ちかくにありますか？」

松井《まつい》さんは、しんまい*のころ、よくいったようにたずねました。

「白菊会館《しらぎくかいかん》のちかくです。」

「白菊会館《しらぎくかいかん》？　あのあたりなら、よく知《し》っていますけれど……、そんな通《とお》りは……、ありませんよ。」

「いいえ、あるのです。はやく車《くるま》をだしてください。」

お客《きゃく》が、きっぱりといいましたので、松井《まつい》さんは、エンジンをかけました。

‡

ハンドルをまわしながら、松井《まつい》さんはおもいました。

（あの白菊会館《しらぎくかいかん》のちかくに、そんな通《とお》りがあったかな？　このお客《きゃく》のかんちがいではないかしらん。）

しんまい　仕事《しごと》を始《はじ》めてからまだ日《ひ》が浅《あさ》く、慣《な》れていない人《ひと》。

白菊会館《しらぎくかいかん》、というのは、名《な》まえとははんたいで、うすよごれた四《よん》かいだてのビルでした。

まわりは、七《なな》かい八《はち》かいの、あたらしいりっぱなビルばかり。だから、いっそうふるぼけて、きたなく見《み》えるのかもしれません。

青《あお》いしんごうの下《した》を十三回《じゅうさんかい》すぎたとき、やっと、その白菊会館《しらぎくかいかん》のまえにでました。

「もうすこし、まっすぐにいってください。あそこに、大《おお》きなスズカケ*の木《き》がありますね。それを、右《みぎ》にまがるのです。」

お客《きゃく》にいわれて、ハンドルを右《みぎ》にまわしました。とたんに、松井《まつい》さんはびっくりして、

「ほう。」

と声《こえ》をだしてしまいました。

高《たか》いビルがまだまだつづくはずでしたのに、どうしたことでしょう、

スズカケ　スズカケノキ科《か》の落葉高《らくようこう》木《ぼく》。街路樹《がいろじゅ》に多《おお》く用《もち》いられる。

ビルなど、すっかりなくなっていました。

そしてそのかわり、赤《あか》やみどりのやねの家《いえ》が、いくつもならんでいるのです。アスファルトの道《みち》の両《りょう》がわに、スズカケの並木《なみき》が、ずうっととおくまでつづいていました。

（町《まち》なかに、このような通《とお》りがあったとは、しらなかった。もう、三年《さんねん》も、うんてんしゅをしているのに——）

松井《まつい》さんがそうおもったとき、うしろのお客《きゃく》がいいました。

「右《みぎ》がわに白《しろ》いたてものが見《み》えますね。あの三《さん》げんむこうにとめてください。」

やねの赤《あか》い、小《ちい》さな家《いえ》でした。

「まっていてください。わたしは、また、駅《えき》までかえりますから——。二時四十五分《にじよんじゅうごふん》の特急《とっきゅう》に、のらなければならないのです。」

お客《きゃく》はおりていきました。

そしてむねぐらいの高《たか》さしかない門《もん》の上《うえ》から手《て》をのばして、なかのか*んぬきを、じぶんではずしました。ぎーっと、白《しろ》いペンキぬりの門《もん》があくと、ふりむきもしないで、はいっていきました。

ユーターンして、スズカケの木《き》のかげに、車《くるま》をとめました。手《て》のかたちににた大《おお》きなスズカケの葉《は》が、空《そら》いろの車《くるま》の上《うえ》で、さわさわとゆれています。

すずしい風《かぜ》が、まどからはいってきました。

(こんなにしずかな通《とお》りが、あっただろうか。車《くるま》が、一台《いちだい》もとおっていないじゃないか。ゆめでも、見《み》ているようだ。)

松井《まつい》さんは、そんなことをおもいました。

そのとき、お客《きゃく》のはいった家《いえ》のほうから、たのしそうなわらい声《ごえ》がきこえたような気《き》がしました。

かんぬき　門《もん》や扉《とびら》を閉《と》じて、内側《うちがわ》から固《かた》めるための横木《よこぎ》。

「おまたせしました。」

しばらくして、お客《きゃく》が車《くるま》にもどってきました。

空《そら》いろの車《くるま》は、またすべるように走《はし》りだします。

すずかけ通《どお》りをすぎ、白菊会館《しらぎくかいかん》のまえをすぎてから、松井《まつい》さんはいいました。

「お客《きゃく》さんはこの町《まち》の人《ひと》ではないんでしょう？　それなのに、よく、あんな通《とお》りをしっていますね。」

「せんそうがおわるまでは、ずっとあそこにくらしていましたから。」

と、お客《きゃく》はこたえました。そしてはなしつづけました。

「あのあたりは、ひばり*がきてなくほど、しずかなところでしたよ。でも……、昭和二十年《しょうわにじゅうねん》の春《はる》から、〝空襲《くうしゅう》〟がはじまりました。

七月《しちがつ》の〝大空襲《だいくうしゅう》〟のとき、三十機《さんじっき》のB29が、町《まち》の空《そら》をとびまわり、しょ

ひばり　全長《ぜんちょう》約《やく》17cmで、全体的《ぜんたいてき》に黄褐色《おうかっしょく》の鳥《とり》。河原《かわら》や草原《そうげん》などに生息《せいそく》する。

うい弾《だん》をつぎつぎにおとしました。あちらもこちらも火事《かじ》になり、町《まち》は、もう火《ひ》の海《うみ》でした。

三《さん》さいだったふたりのむすこを、わたしは、ひとりをせおい、ひとりはだいて……ええ、ふた子《ご》だったのですよ……にげまわりました。……やっと、りんどう公園《こうえん》にたどりついたとき、せなかのこどもも、だいていたこどもも……」

お客《きゃく》はしばらくだまってから、いいました。

「死《し》んでいたのです。」

松井《まつい》さんの目《め》のまえに、すずかけ通《どお》りが見《み》え、ずらっとならんでいた並木《なみき》の大《おお》きな葉《は》が、ほのおをふいて、もえはじめました。赤《あか》やみどりのやねが、オレンジいろのすさまじいほのおにつつまれています。

「どの家《いえ》もすっかりもえてしまったつぎの朝《あさ》、黒《くろ》と茶《ちゃ》いろのやけ野原《のはら》に、あの白菊会館《しらぎくかいかん》が、たったひとつ、ぽつんとのこっていたのです。」

赤《あか》のしんごうを見《み》て、ブレーキをかけてから、松井《まつい》さんはいいました。

「もし、お子《こ》さんが生《い》きていられたら、もう、二十五《にじゅうご》さいですね。わたしのおとうとと、ちょうどおない年《どし》ですから――」

「いいえ、うんてんしゅさん。むすこたちは何年《なんねん》たっても三《さん》さいなのです。母《はは》おやのわたしだけが、年《とし》をとっていきます。

でも、むすこをおもうときだけは、ちゃんと、このわたしも、もとのわかさにもどる気《き》がするんですよ。……おもしろいものですね。」

‡

駅《えき》の六角形《ろっかくけい》の塔《とう》が、見《み》えてきました。両《りょう》がわや、まえやうしろに、黒《くろ》や赤《あか》や青《あお》の車《くるま》がふえています。

ま夏《なつ》のつよいひかりを、どの車《くるま》もぎらぎら反《はん》しゃして、まぶしいほどです。すすみがわるくなったので、車《くるま》のなかはいっそうあつくなってきました。

やっと、駅《えき》まえです。

「おつりは、いりません。」

てのひらに千円《せんえん》さつをのせてくれた、お客《きゃく》の手《て》を見《み》て、松井《まつい》さんは、びっくりしました。

茶《ちゃ》いろですじばったおばあさんの手《て》。

ふりかえると、ほんとうに小《ちい》さなおばあさんがすわっていて、さいふを、ぱちんとしめたところでした。

おどろいて、じろじろと見《み》つめている松井《まつい》さんに、おばあさんはしずかな声《こえ》でいいました。

「二十二年《にじゅうにねん》まえのきょうなのです。ふた子《ご》のむすこたちが死《し》んだのは。」

ほそい目《め》が、なみだでひかっています。

「おかげで……、むかしのうちにかえることができました。むすこたちと、まいにち、あそんだ家《いえ》です。おわかりでしょうか？」

おばあさんのうしろすがたが、たくさんの人《ひと》にまぎれて見《み》えなくなったとき、松井《まつい》さんは目《め》がさめたように、はっとしました。

メーターは、三百七十円《さんびゃくななじゅうえん》です。

車《くるま》のそとにとびだしました。

なにか、ひとこと、いいたいのです。

それに、おつりもかえさねばなりません。

顔《かお》にも、首《くび》にも、せなかにも、あせがすじになってながれています。

千円《せんえん》さつをしっかりにぎったまま、松井《まつい》さんは、駅《えき》のながいながいかかいだんを、かけあがっていきました。

あにい

今江《いまえ》祥智《よしとも》

1

朝子《あさこ》のとうさんは船長《せんちょう》さんで、それも外国航路《がいこくこうろ》のやつだから、何《なん》か月《げつ》もるすにすることがよくあった。そのあいだは、かあさんとのふたり暮《ぐ》らしだから、かあさんは朝子《あさこ》を、娘《むすめ》というよりも、まるで姉妹《しまい》あつかいに何《なん》でも相談《そうだん》し、どこへでもつれていった。だから朝子《あさこ》はまだ小学校《しょうがっこう》の五年生《ごねんせい》なのに、一人前《いちにんまえ》の大人《おとな》みたいにいろんなことをいっぱい覚《おぼ》えた。

家《いえ》の貯金《ちょきん》だかから月《つき》づきの*ものいり、かあさんが鼻歌《はなうた》でよく歌《うた》う*「かえり船《ぶね》」という古《ふる》い流行歌《りゅうこうか》の歌詞《かし》から、とうさんがよくいくヨーロッパの港町《みなとまち》の名前《なまえ》に、とうさんお気《き》に入《い》りの洋酒《ようしゅ》の名前《なまえ》が一《いち》ダース半《はん》、つい

ものいり　出費《しゅっぴ》。

「かえり船《ぶね》」　敗戦後《はいせんご》間《ま》もない1946年《ねん》に、田端義夫《たばたよしお》が歌《うた》ってヒットした。かえり船《ぶね》とは、戦地《せんち》から復員《ふくいん》する兵《へい》士《し》たちをのせた船《ふね》。

でに好物《こうぶつ》の酒《さけ》の肴《さかな》*のつくり方《かた》……といったぐあいだ。

だからかあさんは、いっしょにテレビを見《み》ていた朝子《あさこ》が、コマーシャル・フィルムで男女《だんじょ》が軽《かる》くキスするシーンで、

—あ、ドライ・キスね。

とつぶやいても気《き》にしなかった。もうディープ・キスとのちがいくらい知《し》っていたっておかしくないと思《おも》っているからだが、たまたまあわせていたかあさんの友《とも》だちが、そんな朝子《あさこ》を桃色《ももいろ》のウサギでも見《み》る目《め》になってまじまじ見《み》つめるのに、かえっておどろき、母娘《おやこ》そろって、

—どうかした?

と、首《くび》をかしげて、相手《あいて》をあきれさせた。

そんなかあさんだったから、ある風《かぜ》のやさしい夕方《ゆうがた》、ひょいと手《て》をのばしてタバコを一本《いっぽん》、くわえたとき、つられたように朝子《あさこ》もタバコに手《て》をのばし、ちょいとくわえたときにもあわてなかった。友《とも》だちにしてや

肴《さかな》　酒《さけ》を飲《の》むときに添《そ》えて食《た》べる料《りょう》理《り》。

るように、ライターの火《ひ》をそえてやった。一人前《いちにんまえ》に（かあさんそっくりのまねっこで）一口《ひとくち》吸《す》いこんだ朝子《あさこ》はたちまちむせかえり、青《あお》い煙《けむり》をぱくぱく吐《は》きだして涙《なみだ》までうかべたが、かあさんは平気《へいき》で、

——やっぱり、まだむりだね。

と、いったきりだった。朝子《あさこ》は自分《じぶん》がまだタバコになじめぬ幼《おさな》い身体《からだ》しかもちあわせていない小《ちい》さな女《おんな》の子《こ》だったことを、身《み》をもって思《おも》い知《し》らされて、まいった。かあさんのやりくちはいつもそんなふうで、こごとやお説教《せっきょう》は一切《いっさい》ヌキだった。クモぎらいの先生《せんせい》が気《き》に入《い》らないと、小《こ》グモの五《ご》、六《ろっ》ぴきもつかまえてマッチ箱《ばこ》に入《い》れ、先生《せんせい》の服《ふく》のポケットにそっとほうりこんだと報告《ほうこく》した夜《よる》、朝子《あさこ》の机《つくえ》の引出《ひきだ》しに、てのひらくらいのクモがちゃんと入《い》れてあって、朝子《あさこ》を十《じっ》センチ以上《いじょう》もとびあがらせた。

朝子《あさこ》は、けれど、そんなふうなかあさんのことを別《べつ》にかわっていると

は思《おも》わなかったが、ＰＴＡの会《かい》やら参観日《さんかんび》に学校《がっこう》にあらわれる友《とも》だちのかあさんたちとは、どことなくちがう気《き》が、年《とし》ごとにしてきていた。

朝子《あさこ》がかあさんのことをオカシイかあさん——と思《おも》ったのは、ことしの春《はる》のおわりごろ、かあさんの寝言《ねごと》をきいたときからだ。寝《ね》つかれずに*手塚治虫《てづかおさむ》の漫画本《まんがぼん》を読《よ》み返《かえ》していた朝子《あさこ》の耳《みみ》にいきなり下手《へた》くそな口笛《くちぶえ》がきこえた。外《そと》ではなく、すぐ横《よこ》だったので、かあさんのだと、わかった。口笛《くちぶえ》の寝言《ねごと》など、ききはじめだった。そして本物《ほんもの》の寝言《ねごと》がつづいた、そのときかあさんははっきりと、

―あにい、星《ほし》がでたぜ、やばいよ。

といったのだ。

そんなせりふは、かあさんがときおり歌《うた》う流行歌《りゅうこうか》の文句《もんく》にはなかった。このごろ見《み》たテレビ・ドラマや映画《えいが》でもきいたことはなかった（どちらも朝子《あさこ》は、寝《ね》つかれぬまま、ゆっくりと思《おも》いだしていってたしか

手塚治虫《てづかおさむ》　漫画家《まんがか》（1928〜1989）。戦《せん》後日本《ごにほん》におけるストーリー漫画《まんが》、アニメの第一人者《だいいちにんしゃ》。代表作《だいひょうさく》に『ジャングル大帝《たいてい》』『鉄腕《てつわん》アトム』『火《ひ》の鳥《とり》』『ブラック・ジャック』など。

めたのだ)。寝言《ねごと》はそれきりで、朝子《あさこ》もいつのまにか眠《ねむ》ってしまったのだったが、朝起《あさお》きて、いきなりその寝言《ねごと》の説明《せつめい》を求《もと》めるわけにもいかなかった。

その日一日《ひいちにち》、朝子《あさこ》はいろいろ想像《そうぞう》してみたが、かあさんのどこを押《お》したらあんなせりふがでてくるのか、さっぱり分《わか》らなかった。

2

その夜《よる》、かあさんはお気《き》に入《い》りの女性歌手《じょせいかしゅ》のリサイタル*に朝子《あさこ》とでかけた。ジーンズ姿《すがた》で長髪《ちょうはつ》の若者《わかもの》が列《れつ》をつくってる中《なか》に、かあさんはついと立《た》ちならび、年齢《とし》が、たしか二十《にじゅう》もはなれているはずの連中《れんちゅう》にまぎれても少《すこ》しも目立《めだ》たなかった。化粧《けしょう》ヌキのほっそりと小柄《こがら》なかあさんのパ*ンタロン姿《すがた》は、若《わか》いのに化粧《けしょう》ずれしたちかごろの娘《こ》よりも、ずっと粋《いき》で

リサイタル　一人《ひとり》のアーティストが行《おこな》う公演《こうえん》。

パンタロン　すその幅《はば》が広《ひろ》い長《なが》ズボン。

若《わか》やいで見《み》えた。朝子《あさこ》がコーラを買《か》いに走《はし》り、もどってきて長《なが》い列《れつ》を見《み》渡《わた》したら、かあさんはすっかり若《わか》い連中《れんちゅう》にとけこんでいて、見《み》つけるのに五分以上《ごふんいじょう》もかかってしまった。朝子《あさこ》が、子《こ》どもだけにかえって目立《めだ》って肩身《かたみ》のせまい思《おも》いをしたが、列《れつ》のしっぽのほうに同《おな》い年《どし》くらいの男《おとこ》の子《こ》が、これもまたかあさんくらいの年《とし》かっこうの、のっぽひげ面《づら》のとうさんらしい男《おとこ》とならんでいるのを見《み》つけて、ほっとした。

＊

まっ暗《くら》な舞台《ぶたい》にライムライト*だけがぼんやりついていて、そのおぼろな光《ひかり》の中《なか》で、黒《くろ》ずくめの女性歌手《じょせいかしゅ》が低《ひく》い声《こえ》でつぶやくように歌《うた》い始《はじ》めて幕《まく》があいた。吸《す》いさし*のタバコとか、坂《さか》の上《うえ》の下宿《げしゅく》とか、酒場《さかば》のすみっこでとか、流行歌《りゅうこうか》とあまりかわりのない文句《もんく》をよせ集《あつ》めていながら、全《ぜん》体《たい》がまるでちがうのは、メロディと歌《うた》いっぷりだと朝子《あさこ》にも分《わか》った。

おどろいたことにかあさんは、歌《うた》のいちいちにつきあってちゃんと口《くち》

ライムライト　舞台照明《ぶたいしょうめい》の一《ひと》つで、強烈《きょうれつ》な白《しろ》い光《ひかり》。
吸《す》いさし　吸《す》いかけ。

をあわせて小声《こごえ》で歌《うた》っているのだった。朝子《あさこ》はそんなかあさんのシルエットを、まるで知《し》らない人《ひと》でも見《み》るような思《おも》いで見《み》ながら、あのおかしな寝言《ねごと》とどこかで重《かさ》ねていた。

音楽《おんがく》がかわった。歌《うた》もはげしくなり、音《おと》もはでになった。それから急《きゅう》に舞台《ぶたい》が明《あか》るくなり、伴奏者《ばんそうしゃ》が入《い》れかわった。大《おお》またにすたすた入《はい》ってきたのは囚人服《しゅうじんふく》まがいのブルージーンズのピアニストとドラマーで、どちらも丸刈《まるがり》で鋭《するど》い目《め》つきだ。ベースのふとった男《おとこ》はずっと年上《としうえ》で、それと同《おな》い年《どし》くらいの小男《こおとこ》がサックスをかかえて現《あら》われた。サックスなしの三人《さんにん》だけの静《しず》かな演奏《えんそう》で、歌《うた》が二《ふた》つあった。さっきのとちがって、ピアノの一音一音《いちおんいちおん》が、小《ちい》さな星《ほし》のようにとびはねてきこえた。

それからピアニストが横坐《よこずわ》りになり、あとの三人《さんにん》にあいずするといきなり、さっきまでとはうってかわったはげしさ速《はや》さでピアノをひきはじめた。ベースが追《お》いかけドラムがはじけた。そしてサックスが朝子《あさこ》のおなかの底《そこ》にひびく強《つよ》さでうたいはじめる。音《おと》が何倍《なんばい》にもふくれあがり破《は》裂《れつ》して散《ち》った。ピアニストがひじまで使《つか》ってあんまりはげしくひきつづけるので、何度《なんど》もいすからころげおちそうに、朝子《あさこ》には思《おも》えた。四人《よにん》の呼吸《いき》があうと、音《おと》はいっそうふくらみ爆発《ばくはつ》した。一人《ひとり》一人《ひとり》がほかの三人《さんにん》を敵《てき》みたいににらみつけて演奏《えんそう》しあっていた。そのくせ、ときおり、きちんとまがあい、音《おと》がハモる。そこでやっと呼吸《いき》ができるだけで、あとは呼吸《いき》をつめて朝子《あさこ》はきき入《い》っていた。こんな猛烈《もうれつ》なやつは初《はじ》めてだった。それなのに、かあさんは平気《へいき》な顔《かお》で——いや、からだをのりだして、きき入《い》っていた。朝子《あさこ》はあきれながらも、いつのまにか自分《じぶん》もからだをのりだして音《おと》の波《なみ》にのっており、波《なみ》はとうさんの船《ふね》でもゆれそうなくらい高《たか》まりなだれおちるので、ききながら朝子《あさこ》は、ずっととうさんのことを思《おも》いだしていた。波《なみ》が高《たか》まりくずれてくだける。おぼれそう、わたし……と、朝子《あさこ》はかあさんのほうを見《み》たが、かあさんは、さっきと同《おな》じにきき入《い》っていて、朝子《あさこ》など横《よこ》にいないみたいだ。ちょっぴりふくれ、ちょっぴりうらやましくなり、ちょっぴりさびしくて、朝子《あさこ》はそんな自分《じぶん》をうけとめてくれるだれかをさがした。そして、左前《ひだりまえ》のはしっこの席《せき》で、朝子《あさこ》と同《おな》じような不安気《ふあんげ》な顔《かお》つきの——さっきの男《おとこ》の子《こ》を見《み》つけて、ほっとした。男《おとこ》の子《こ》も、ひかれたようにふりかえり、ふたりの目《め》があった。音《おと》の波《なみ》が最高《さいこう》にもりあがり、すごいいきおいでくずれおち、しぶきを散《ち》らして、いきなり演奏《えんそう》がおわった。拍手《はくしゅ》がはじけ、とびあがりのびあがって、こぶしをふってアンコールする聴衆《ちょうしゅう》にまじって朝子《あさこ》は腕《うで》をふってその男《おとこ》の子《こ》によびかけた。

—よおっ、やばいなあ、この連中《れんちゅう》……。

だれもがわめいて叫《さけ》んでいたからその声《こえ》はきこえないはずと思《おも》ったのに、かあさんはちゃんとききとっていて、朝子《あさこ》の耳《みみ》に口《くち》をつけ、

—やばいなんてことば、どこで覚《おぼ》えたの？

と、きいた。朝子《あさこ》は、あたりの熱気《ねっき》につられたみたいなようすをしてやり、すまして、

――かあさんのねごとで。

と答《こた》えてやった。

かあさんは、しまった（やばいぞ――といってもいいかもしれない……）という顔《かお》になったが、すぐに、きこえなかったように、

――え？

と、ききかえした。朝子《あさこ》も、も一度《いちど》すまして、ゆっくりと、

――かあさんのねごとで。

と、くりかえしてやった。かあさんは何度《なんど》もうなずいて何《なに》かいいかけたが、そこでまた歌《うた》が始《はじ》まったので、黙《だま》った。

歌《うた》は初《はじ》めにかえって静《しず》かなものにもどり、舞台《ぶたい》も暗《くら》くなって夜《よる》の中《なか》にとけるように終《おわ》った。

3

外《そと》に出《で》ると空《そら》の星《ほし》がおそろしくきれいだった。はくちょう、わし、ことの三《みっ》つの星座《せいざ》を結《むす》ぶ夏《なつ》の大三角《だいさんかく》が、ことのほか明《あか》るく輝《かがや》いて見《み》え、これが頭《あたま》のま上《うえ》にきたら夏休《なつやす》みだわ、と朝子《あさこ》はひとりでほくほくしていた。こと座《ざ》のがとりわけ光《ひか》って見《み》え、

——さすが、一等星《いっとうせい》……。

と朝子《あさこ》が声《こえ》にだしたら、あの横《よこ》がデネブ、下《した》がわし座《ざ》のアルタイルね、とかあさんがつけ加《くわ》えたのでおどろいて立《た》ち止《ど》まってしまった。どうして知《し》ってるのという顔《かお》で、かあさんを見《み》つめると、わたしも女《おんな》だもん、七夕祭《たなばたまつり》*の星《ほし》ぐらい名前《なまえ》知《し》ってますよ、といばって答《こた》えた。それにしても——と、まだふしぎ顔《がお》で朝子《あさこ》が口《くち》をとがらせたとき、ふたりのうしろか

七夕祭《たなばたまつり》の星《ほし》　三《みっ》つの星座《せいざ》のうち、こと座《ざ》のベガとわし座《ざ》のアルタイルは、七夕伝説《たなばたでんせつ》の織姫《おりひめ》と彦星《ひこぼし》にあたる。

ら、ふとくしぶい声《こえ》が、

―あにい、星《ほし》がでたぜ、やばいよ。

といったのには、ふたりとも、とびあがってしまった。

身《み》がまえるようにふりむくと、さっきの男《おとこ》の子《こ》とひげの男《おとこ》が笑《わら》ってい

た。

―ずいぶんとしばらくぶりで……。

男《おとこ》が、ふかぶかとおじぎしてかあさんにいった。

―……佐和田《さわだ》さん……。

―サブでいいよ、俊《とし》さん。

男《おとこ》の子《こ》と朝子《あさこ》は、そんなふたりの挨拶《あいさつ》をことばの分《わか》らない外国映画《がいこくえいが》で

も見《み》ているように、きいていた。ふたりはしばらく遠《とお》い国《くに》の、、、ことばでの

やりとりをくりかえしてから、やっとそれぞれに子《こ》どもにむかって、同《おな》

じことをいった。

昔《むかし》のおしりあいでね……。

どんなおしりあいかしりたくて、朝子《あさこ》はうずうずした。おまけに、それであの寝言《ねごと》のひみつもとけそうだった。

—あにいは達者《たっしゃ》*で？

男《おとこ》がたずねた。

—ええ、いまインドよ。船《ふね》なの。

—やっぱり。

ふたりはまた朝子《あさこ》に分《わか》らないことを話《はな》しあって笑《わら》った。

—あのころは毎日《まいにち》みたいに港《みなと》へいって、星《ほし》を見《み》ましたなあ。

男《おとこ》が空《そら》を見上《みあ》げて、ゆっくりとつぶやくようにいった。

—あのころから、あにいは船乗《ふなの》りになるんだっていってましたでしょ……。初志《しょし》をつらぬく、ですな。

—わたしを奥《おく》さんにしてくれたのも……。

達者《たっしゃ》　心身《しんしん》が丈夫《じょうぶ》で健康《けんこう》なさま。

―初志《しょし》をつらぬく、でした。

そこでふたりはまた笑《わら》った。朝子《あさこ》はかあさんが急《きゅう》にずっと年《とし》とった人《ひと》に思《おも》えて、ちょっぴりさびしくちょっぴり残念《ざんねん》な気《き》がした。

―ね、のどがかわいたよ。

男《おとこ》の子《こ》が、ねだるように朝子《あさこ》にいった。

―ん。わたしも。ねだろうか。

答《こた》えて、かあさんの背中《せなか》をつついた。

―なんだ、俊《しゅん》、男《おとこ》のくせにお前《まえ》からねだったのか。

男《おとこ》が耳《みみ》ざとく*きつけていて、男《おとこ》の子《こ》に声《こえ》をかけ、そんなとこまで、おれに似《に》てる、それじゃあ、おじょうさんは俊《とし》さんそっくりだな、となつかしそうな目《め》になって朝子《あさこ》を見《み》た。それからまた笑《わら》って、すぐ先《さき》のレストランへ案内《あんない》にたった。

＊

耳《みみ》ざとく　物事《ものごと》を聞《き》きつけるのが早《はや》いこと。

寝言《ねごと》のひみつは、かあさんととうさんの、昔《むかし》のひみつと重《かさ》なっていた。ふたりとも——それにあの夜《よる》あったひげ男《おとこ》も、三人《さんにん》とも、戦災孤児《せんさいこじ》*であり、焼《や》けあとの防空壕《ぼうくうごう》をねぐらに、小《ちい》さなかっぱらい*で食《く》いつないだ三《さん》人組《にんぐみ》だったのだ。

三人組最初《さんにんぐみさいしょ》で最後《さいご》の大仕事《おおしごと》=焼《や》けのこった工場《こうじょう》にかくしためてあったセメント袋《ぶくろ》を盗《ぬす》みだす夜《よる》に、あいにく雨《あめ》が止《や》み、雲《くも》が切《き》れて星《ほし》がでた。「あにい、星《ほし》がでたぜ、やばいよ」をふたりがくり返《かえ》して止《と》めたが、あにいは——いまは朝子《あさこ》のとうさんは、きかずに盗《ぬす》みに入《はい》り、ふたりもおそるおそる手伝《てつだ》い、結局《けっきょく》、みつからずに無事《ぶじ》、仕事《しごと》をおわった。あにいは、ふたりのおくびょうぶりをからかって、そのあと何度《なんど》も、

——あにい、星《ほし》がでたぜ、やばいよ。

をいって笑《わら》ったが、そのときのかせぎで足《あし》を洗《あら》えて、三人《さんにん》とも何《なん》とかそだったのだった……。

戦災孤児《せんさいこじ》 戦争《せんそう》による災害《さいがい》で両親《りょうしん》を失《うしな》った子《こ》ども。

かっぱらい 人目《ひとめ》を盗《ぬす》んで品物《しなもの》などをかすめ取《と》ること。

＊

朝子《あさこ》は、かあさんの昔語《むかしがた》りと、静《しず》かにあいづちをうつひげの男《おとこ》のふむふむとを、まるで何《なに》かの物語《ものがたり》の中《なか》でのことのようにきき、自分《じぶん》がそんな物語《ものがたり》を書《か》いた本《ほん》の中《なか》のページに入《はい》ったような気《き》がしていた……。男《おとこ》の子《こ》も同《おな》じ気《き》もちらしく、遠《とお》くを見《み》る目《め》つきでふたりの大人《おとな》の話《はなし》にきき入《い》っていた。ふたりに別《わか》れて家路《いえじ》についたとき見上《みあ》げた空《そら》の星《ほし》は、さっきよりも楽《たの》しかった。きっとかあさんの話《はなし》の昔《むかし》の星空《ほしぞら》を重《かさ》ね見《み》るせいだわ、と朝子《あさこ》は思《おも》っていた……。

翌日《よくじつ》からもかあさんは、きのうの昔語《むかしがた》りがなかったみたいに、ちょっぴりとんちんかんに、ちょっぴりすまして暮《くら》している。朝子《あさこ》も調子《ちょうし》をあわせて、何《なに》もきかなかったみたいに暮《くら》しているが、こんどとうさんがかえったとき、知《し》らん顔《かお》して、あのことばをつぶやいてみせ、そのときのとうさんの反応《はんのう》を、あの男《おとこ》の子《こ》にしらせることを電話《でんわ》で約束《やくそく》していた。三人《さんにん》の大人《おとな》の知《し》らない小《ちい》さなひみつを、こんどはおたがいの子《こ》どもがもっているのは、見知《みし》らぬ星《ほし》を見《み》つけたようにまことに心愉《こころたの》しいことだった。

空《あき》罐《かん》

林京子《はやしきょうこ》

校舎《こうしゃ》は、コの字形《じがた》のコンクリート四階建《よんかいだ》てである。私《わたし》たち五人《ごにん》は、その校舎《こうしゃ》に囲《かこ》まれた中庭《なかにわ》の、ほぼ中央《ちゅうおう》に立《た》っていた。時間《じかん》は午後一時半《ごごいちじはん》をすぎている。太陽《たいよう》は西《にし》に廻《まわ》りはじめて、中庭《なかにわ》には校舎《こうしゃ》の影《かげ》が写《うつ》っている。五人《ごにん》が立《た》っている場所《ばしょ》も、既《すで》に陰《かげ》になっている。

しかし、まだ、西向《にしむ》きの講堂《こうどう》には、陽《ひ》が一杯《いっぱい》にさしていた。

「洗面所《せんめんじょ》の使用法《しようほう》について、一言《ひとこと》」腰《こし》に両手《りょうて》をあてて、大木《おおき》が四人《よにん》に向《む》かって言《い》った。それは誰《だれ》？　その口調《くちょう》は、と西田《にしだ》が、大木《おおき》を指《さ》して考《かんが》える表情《ひょうじょう》をする。あれは誰《だれ》だったか。洗面所《せんめんじょ》の使《つか》い方《かた》ばかりを注意《ちゅうい》する先生《せんせい》が、確《たし》かにいた。かめのこだわし*、突然思《とつぜんおも》い浮《う》かんだ恩師《おんし》の仇名《あだな》を、私《わたし》は大声《おおごえ》で叫《さけ》んだ。いやあ、と長崎弁特有《ながさきべんとくゆう》の、柔《やわ》らかい注意《ちゅうい》のしかたで、

かめのこだわし　ヤシ科《か》のシュロなどの繊維《せんい》を短《みじか》く切《き》りそろえて・楕円形《だえんけい》に束《たば》ねたたわし。形《かたち》が亀《かめ》に似《に》ている。

原《はら》が、私《わたし》のオーバーコートの袖《そで》を引《ひ》いた。そして、職員室《しょくいんしつ》に聞《き》こえるよ、と言《い》った。三十年《さんじゅうねん》も前《まえ》の教師《きょうし》たちが、いま、職員室《しょくいんしつ》にいるはずがなかった。三十年前《さんじゅうねんまえ》の教師《きょうし》たちばかりではない。職員室《しょくいんしつ》には、もう誰《だれ》もいない。

かつての私《わたし》たちの母校《ぼこう》は、来年一杯《らいねんいっぱい》で廃校《はいこう》になってしまう。生徒《せいと》たちも、長崎市街《ながさきしがい》を見《み》おろせる台地《だいち》に建《た》った、新校舎《しんこうしゃ》に移転《いてん》してしまっている。さっき、校門《こうもん》を入《はい》る時《とき》に見《み》かけたのだが、玄関《げんかん》の*車《くるま》まわしに植《う》えてあった*フェニックスは掘《ほ》り起《お》こされて、根《ね》を、*あら筵《むしろ》で包《つつ》んであった。私《わたし》たちが女学生《じょがくせい》の頃《ころ》にも、車《くるま》まわしにフェニックスが植《う》えてあった。枝《えだ》ぶりからみて、多分《たぶん》おなじ木《き》なのだろう。根元《ねもと》から三本《さんぼん》に分《わ》かれたフェニックスは、三十年《さんじゅうねん》の歳月《さいげつ》の間《あいだ》に、七《しち》、八《はち》メートルの大木《たいぼく》になっている。この木《き》も、新校舎《しんこうしゃ》の方《ほう》に植《う》えかえられるのだろうか。

校舎《こうしゃ》の内《うち》には、私《わたし》たち以外《いがい》には、誰《だれ》もいない。城壁《じょうへき》のようにつっ立《た》っ

車《くるま》まわし　門《もん》と、玄関《げんかん》または車寄《くるまよ》せとの間《あいだ》に作《つく》られた円形状《えんけいじょう》の小庭園《しょうていえん》。

フェニックス　カナリーヤシ。ヤシ科《か》ナツメヤシ属《ぞく》の樹木《じゅもく》。学名《がくめい》から、日《に》本《ほん》ではフェニックスと呼《よ》ばれる。

あら筵《むしろ》　イグサ科《か》の藺《い》やわらなどを編《あ》んで作《つく》った粗《あら》い目《め》の敷物《しきもの》。

た校舎《こうしゃ》は、コンクリートの壁面《へきめん》に音《おと》を吸《す》いとってしまって、物音一《ものおとひと》つたてずに静《しず》まっている。

緊急通達事項《きんきゅうつうたつじこう》が起《お》きると、私《わたし》たちは、よくこの中庭《なかにわ》に集合《しゅうごう》させられた。大木《おおき》が口真似《くちまね》をしている教師《きょうし》は理科《りか》の男教師《おとこきょうし》で、緊急通達《きんきゅうつうたつ》が終《お》わると、ええ、と生徒《せいと》に向《む》かって話《はな》しかけながら、せかせか歩《ある》いて朝礼台《ちょうれいだい》に登《のぼ》る。そして大木《おおき》の口真似《くちまね》どおり「洗面所《せんめんじょ》の使用法《しようほう》について」と話《はなし》を切《き》り出《だ》す。生理用具《せいりようぐ》の処理《しょり》のしかた、水《みず》の流《なが》し方《かた》、使用上《しようじょう》の注意《ちゅうい》を事《こと》こまかに説明《せつめい》して、特《とく》に冬《ふゆ》になると便所《べんじょ》の管《くだ》が凍《こお》って水《みず》が外部《がいぶ》に溢《あふ》れ出《で》てしまう、そのために校舎《こうしゃ》の外壁《がいへき》に白《しろ》い水《みず》もれの跡《あと》がついて、はなはだしく校舎《こうしゃ》の美観《びかん》を損《そこ》なう、と流《なが》れの跡《あと》を指《さ》して私《わたし》たちに注意《ちゅうい》する。終戦《しゅうせん》直後《ちょくご》の殺伐《さつばつ》とした時代《じだい》ではあったが、やはり少女《しょうじょ》である私《わたし》たちは恥《は》ずかしかった。中庭《なかにわ》に立《た》って、まっ先《さき》に大木《おおき》が想《おも》い出《だ》したのも、恥《は》ずかしい思《おも》いが印象《いんしょう》に深《ふか》かったからだろう。その白《しろ》い、水《みず》の流《なが》れの跡《あと》は巾《はば》を広《ひろ》げて、いまも残《のこ》っている。

一階《いっかい》、二階《にかい》と、壁面《へきめん》で階《かい》を追《お》いながら、私《わたし》は目《め》を空《そら》に移《うつ》していった。コの字《じ》に区切《くぎ》られた快晴《かいせい》の空《そら》が、顔《かお》の上《うえ》にあった。初冬《しょとう》には珍《めずら》しい、暑《あつ》さを感《かん》じさせる太陽《たいよう》の光《ひかり》が、コンクリートの直線《ちょくせん》に沿《そ》って輝《かがや》いている。更《さら》に私《わたし》は、目《め》を四階《よんかい》、三階《さんかい》と下《お》ろしていった。校舎《こうしゃ》の窓《まど》は、全部《ぜんぶ》が閉《し》めてあった。無人《むじん》の校舎《こうしゃ》にしては、ガラスはよく磨《みが》いてある。そして、各《かく》階《かい》の窓《まど》のことごとくに、ガラスがきれいに入《はい》っている。そのことが私《わたし》には奇妙《きみょう》に見《み》えた。

昭和二十年《しょうわにじゅうねん》の八月九日《はちがつここのか》の、原爆投下後《げんばくとうかご》から卒業《そつぎょう》するまでの二年間《にねんかん》、この校舎《こうしゃ》には窓《まど》ガラスが一枚《いちまい》もなかった。爆風《ばくふう》で弓《ゆみ》なりに反《そ》った窓枠《まどわく》の隅《すみ》に、サメの歯《は》のように尖《とが》ったガラス片《へん》が処《ところ》どころ、残《のこ》っている程度《ていど》だった。

更衣室《こういしつ》や洗面所《せんめんじょ》の、目《め》かくしが要《い》る場所《ばしょ》には、板切《いたき》れが打《う》ちつけてあった。それも鉄《てつ》の窓枠《まどわく》が、正常《せいじょう》な箇所《かしょ》だけである。

反《そ》った窓枠《まどわく》の一《ひと》つ一《ひと》つを、どのようにして矯正《きょうせい》したのか。あの当時《とうじ》のままの、縦横《じゅうおう》に仕切《しき》りの多《おお》い窓枠《まどわく》は、まっ直《すぐ》に伸《の》びて、透明《とうめい》ガラスがはめこまれている。気《き》をつけて見《み》ると講堂側《こうどうがわ》の窓《まど》に五《ご》、六《ろっ》ヵ所《しょ》、流行《りゅうこう》のアルミサッシュの枠《わく》がある。上《うえ》、下二段《したにだん》に分《わ》かれた窓《まど》は、そこの窓枠《まどわく》だけが銀色《ぎんいろ》に光《ひか》って、西陽《にしび》に輝《かがや》いている。矯正《きょうせい》がきかない、破損《はそん》のひどい窓《まど》のかわりに取《と》りかえられたのだろうが、白《しろ》い水《みず》の跡《あと》や、パテが目立《めだ》つ赤《あか》さびた鉄枠《てつわく》の窓《まど》の中《なか》で、取《と》ってつけた新《あたら》しさが浮《う》きあがっていた。

「この庭《にわ》、こんなに狭《せま》かった？」と西田《にしだ》が中庭《なかにわ》を見《み》まわして言《い》った。

「うちもいま、同《おな》じことを考《かんが》えとったとよ」と原《はら》が言《い》って、西田《にしだ》と並《なら》んで、中庭《なかにわ》を見《み》まわす。なかに入《はい》ってみん？　と和服《わふく》を着《き》ている野田《のだ》が言《い》った。

「へえ、入《はい》ってみよう、講堂《こうどう》ばみておきたか」と大木《おおき》が言《い》った。取《と》り壊《こわ》される前《まえ》に、私《わたし》も、あと一度《いちど》、講堂《こうどう》を見《み》ておきたい、と思《おも》った。

私《わたし》たちは、生徒専用《せいとせんよう》の通用口《つうようぐち》に向《む》かって、歩《ある》いて行《い》った。通用口《つうようぐち》には、鉄《てつ》の錠前《じょうまえ》*が掛《か》けてあった。私《わたし》たちは中庭《なかにわ》を抜《ぬ》けて、フェニックスを掘《ほ》り起《お》こした土《つち》で汚《よご》れている玄関《げんかん》から、校舎《こうしゃ》に入《はい》った。

講堂《こうどう》の入口《いりぐち》に立《た》った瞬間《しゅんかん》、私《わたし》たち五人《ごにん》は雑談《ざつだん》を止《と》めた。それぞれが、その場《ば》に釘《くぎ》づけになって、立《た》ちすくんだ。講堂《こうどう》には何《なに》もない。式《しき》や行事《ぎょうじ》の日《ひ》に、私《わたし》たち生徒《せいと》が坐《すわ》った木《き》の長椅子《ながいす》も、細長《ほそなが》い机《つくえ》もない。ただ一《いっ》脚《きゃく》、背《せ》もたれが折《お》れて、使《つか》いものにならない長椅子《ながいす》が、講堂《こうどう》の真《ま》ん中《なか》に置《お》いてある。

舞台《ぶたい》の幕《まく》も取《と》りはずされて、白《しろ》い胡粉《ごふん》*の壁《かべ》が、あらわに見《み》えている。ピアノも、式次第《しきしだい》を書《か》きしるす黒板《こくばん》も、道具類《どうぐるい》は、運《はこ》び出《だ》されてしまって、艶《つや》のない、ささくれた床《ゆか》に、乾《かわ》いた雑巾《ぞうきん》が一《ひと》つ、捨《す》ててあった。私《わたし》

錠前《じょうまえ》 戸《と》やふたなどにとりつけて開《ひら》かないようにする金具《かなぐ》。

胡粉《ごふん》 炭酸《たんさん》カルシウムを主成分《しゅせいぶん》とする貝殻《かいがら》を焼《や》いて粉末状《ふんまつじょう》にしたもの。

は天井《てんじょう》を見《み》あげた。細《ほそ》い板《いた》を張《は》った天井《てんじょう》には、淡《あわ》い緑《みどり》のペンキが塗《ぬ》ってある。色《いろ》あいも、十《じっ》センチ巾《はば》の板目《いため》も、三十年前《さんじゅうねんまえ》そのままの様子《ようす》で、目《め》の前《まえ》にある。そして、乳色《ちちいろ》の球状《きゅうじょう》をしたシャンデリアも、当時《とうじ》のままである。

講堂《こうどう》は、明《あか》るく、ひっそりしていた。悲《かな》しゅうなる、と原《はら》がつぶやいた。追悼会《ついとうかい》――と私《わたし》もつぶやいた。大木《おおき》と野田《のだ》が、無言《むごん》でうなずいた。幕《まく》をはぎとられて裸《はだか》になってしまっている舞台《ぶたい》に向《む》かって、私《わたし》は黙禱《もくとう》をした。

卒業《そつぎょう》以来《いらい》、私《わたし》ははじめて講堂《こうどう》を見《み》る。入口《いりぐち》に立《た》った時《とき》に私《わたし》を釘《くぎ》づけにした思《おも》いは、音楽会《おんがくかい》でも卒業式《そつぎょうしき》でもない。終戦《しゅうせん》の年《とし》の十月《じゅうがつ》に行《おこな》われた、原爆《げんばく》で死亡《しぼう》した生徒《せいと》や先生《せんせい》たちの、追悼会《ついとうかい》である。私《わたし》が無言《むごん》の祈《いの》りを捧《ささ》げたのは、その日《ひ》の、友人《ゆうじん》たちの霊《れい》に対《たい》してである。大木《おおき》たちも、同《おな》じ思《おも》いだったろう。特《とく》に原《はら》と大木《おおき》には、浦上《うらかみ》*の兵器工場《へいきこうじょう》で被爆《ひばく》した

浦上《うらかみ》 長崎県長崎市中北部一帯《ながさきけんながさきしちゅうほくぶいったい》の地《ち》名《めい》。

重態《じゅうたい》の体《からだ》を、この講堂《こうどう》の床《ゆか》に横《よこ》たえた想《おも》い出《で》がある。原《はら》も大木《おおき》も傷《きず》は癒《い》えて、生《い》き残《のこ》ったが、何十人《なんじゅうにん》かの女学生《じょがくせい》たちは、先生《せんせい》や仲間《なかま》たちにみとられて、この床《ゆか》の上《うえ》で死《し》んでいった。生徒数千三《せいとすうせんさん》、四百人《よんひゃくにん》のうち、三百名近《さんびゃくめいちか》い死者《ししゃ》が、八月九日《はちがつここのか》から十月《じゅうがつ》の追悼会《ついとうかい》までに数《かぞ》えられていた。浦上方面《うらかみほうめん》の軍需工場《ぐんじゅこうじょう》に動員《どういん》されていて即死《そくし》した者《もの》、自宅《じたく》で白骨化《はっこつか》した者《もの》、さまざまである。和紙《わし》に、毛筆《もうひつ》で書《か》かれた生徒《せいと》たちの氏名《しめい》は、胡《ご》粉《ふん》の壁《かべ》の端《はし》から端《はし》まで、四《し》、五段《ごだん》に分《わ》けて貼《は》ってあった。

クラス毎《ごと》に、担任教師《たんにんきょうし》が生徒《せいと》たちの名前《なまえ》を読《よ》みあげた。担任教師《たんにんきょうし》が被爆死《ひばくし》しているクラスは、同《おな》じ学年《がくねん》の教師《きょうし》が、教《おし》え子《ご》たちの名《な》を代《か》わって呼《よ》んだ。読《よ》みあげられる一人一人《ひとりひとり》の名前《なまえ》に、生《い》き残《のこ》った生徒《せいと》たちの間《あいだ》から、どよめきが起《お》こる。そのうち、どよめきは静《しず》まって、私《わたし》たちは気《き》ぬけした者《もの》のように肩《かた》を落《お》として、長椅子《ながいす》に坐《すわ》っていた。三方《さんぽう》の壁《かべ》ぎわには、死亡《しぼう》した生徒《せいと》たちの父母《ふぼ》が坐《すわ》っていた。父母《ふぼ》たちは、追悼会《ついとうかい》がはじまる前《まえ》から涙《なみだ》ぐんでいた。涙《なみだ》はおえつ*に変《か》わって、生徒《せいと》が坐《すわ》っている中央《ちゅうおう》に向《む》かって寄《よ》せてくる。悲《かな》しゅうなる、とつぶやいた原《はら》の言葉《ことば》は、各人《かくじん》の胸《むね》によみがえった、あの日《ひ》の想《おも》いを、率直《そっちょく》に言《い》い表《あらわ》していた。私《わたし》は講堂《こうどう》に入《はい》った。そして中庭《なかにわ》に面《めん》した窓辺《まどべ》に歩《ある》いて行《い》った。西陽《にしび》がさす窓《まど》を背《せ》にして、改《あらた》めて講堂《こうどう》を眺《なが》めた。西田《にしだ》と大木《おおき》が、寄《よ》って来《き》た。

西田《にしだ》は腰《こし》の低《ひく》い窓《まど》に寄《よ》りかかりながら、「原爆《げんばく》の話《はなし》になると、弱《よわ》いのよ」と言《い》った。追悼会《ついとうかい》、の一言《ひとこと》で、私《わたし》たちが何《なに》を考《かんが》えているのか、勿論《もちろん》西田《にしだ》にもわかっていた。西田《にしだ》は、被爆者《ひばくしゃ》ではない。私《わたし》と同《おな》じように転校《てんこう》生《せい》である。小学校《しょうがっこう》から入学試験《にゅうがくしけん》を受《う》けて、選《えら》ばれて入学《にゅうがく》した、はえぬき*のN高女《こうじょ》の生徒《せいと》ではない。*N高女《こうじょ》の生徒《せいと》たちは、入学試験《にゅうがくしけん》で選抜《せんばつ》された、という評価《ひょうか》に対《たい》して誇《ほこ》りを持《も》っている。だから、彼女《かのじょ》らの転校生《てんこうせい》に対《たい》する評価《ひょうか》は、同《おな》じN高女生《こうじょせい》であっても低《ひく》い。しかし同《おな》じ転校生《てんこうせい》でも西田《にしだ》と私《わたし》とでは、また微妙《びみょう》な差《さ》があった。

おえつ　嗚咽《おえつ》。声《こえ》を詰《つ》まらせて泣《な》くこと。むせび泣《な》き。

はえぬき　はじめから、ずっとそこに所属《しょぞく》していること。

N高女《こうじょ》　高女《こうじょ》は高等女学校《こうとうじょがっこう》。旧制《きゅうせい》の女《じょ》子《し》中等学校《ちゅうとうがっこう》で、五年制《ごねんせい》ないし四年《よねん》制《せい》。

　私《わたし》は昭和《しょうわ》二十年《にじゅうねん》の三月《さんがつ》に、N高女《こうじょ》に転入《てんにゅう》している。そして八月《はちがつ》九《ここの》日《か》、動員中《どういんちゅう》に被爆《ひばく》した。西田《にしだ》が転校《てんこう》して来《き》たのは、終戦《しゅうせん》の年《とし》の十月《じゅうがつ》、追《つい》悼会《とうかい》の日《ひ》からである。被爆《ひばく》したか、しないかの差《さ》は、そのまま、はえぬきの大木《おおき》たちとの結《むす》びつきにまで、かかわってきていた。

西田《にしだ》が、弱《よわ》い、というのは結《むす》びつき方《かた》で、弱《よわ》さの原因《げんいん》は被爆《ひばく》したかしないかにある、と西田《にしだ》は言《い》った。大木《おおき》が、そんげん事《こと》のあるもんね、被《ひ》爆《ばく》は、せん方《ほう》がよかに決《き》まっとるやかね、と笑《わら》って言《い》った。西田《にしだ》は、そうじゃないのよ、いい、わるいじゃなくって、心情的《しんじょうてき》にそうありたい、と思《おも》うのよ、と言《い》った。更《さら》に、

「例《たと》えばね、あなたもわたしも転校生《てんこうせい》だから長崎弁《ながさきべん》をうまく使《つか》えない、無理《むり》に使《つか》えばギクシャクとぎこちない、そのぎこちなさよ」わかるでしょう、と私《わたし》に言《い》った。

　いまだってそうよ、と西田《にしだ》が、言葉《ことば》を続《つづ》けた。「あなたたち四人《よにん》は、

講堂《こうどう》の入口《いりぐち》に立《た》った瞬間《しゅんかん》、泣《な》き出《だ》しそうな顔《かお》をした、あの時《とき》、あなたたちが考《かんが》えたことは、追悼会《ついとうかい》のことでしょう。わたしは、そうじゃないもの」西田《にしだ》の脳裏《のうり》に浮《う》かんだ情景《じょうけい》は、転校早々《てんこうそうそう》に行《おこな》われた全校生徒《ぜんこうせいと》の弁論《べんろん》大会《たいかい》だ、と言《い》った。

覚《おぼ》えている？　と西田《にしだ》が私《わたし》に聞《き》いた。その頃《ころ》、私《わたし》は原爆症《げんばくしょう》で発熱《はつねつ》が続《つづ》いており、正規《せいき》の授業《じゅぎょう》がない日《ひ》には、なるべく休《やす》むようにしていた。多《た》分《ぶん》、弁論大会《べんろんたいかい》の当日《とうじつ》も休《やす》んでいたのだろう。記憶《きおく》になかった。大木《おおき》が、うわあ恥《は》ずかしかあ、と少女《しょうじょ》のように、両手《りょうて》で顔《かお》をかくした。

原《はら》と野田《のだ》が近寄《ちかよ》って来《き》て、なん？　と聞《き》いた。

弁論大会《べんろんたいかい》は、生徒《せいと》全員《ぜんいん》に各人《かくじん》の主張《しゅちょう》を書《か》かせ、クラスから一名《いちめい》、優《ゆう》秀《しゅう》な作品《さくひん》を選《えら》んだ。その選《えら》ばれた者《もの》が、クラス代表《だいひょう》として講堂《こうどう》の舞台《ぶたい》で、意見《いけん》を発表《はっぴょう》したらしい。西田《にしだ》も大木《おおき》もおのおのクラス代表《だいひょう》に選出《せんしゅつ》され、優勝《ゆうしょう》を競《きそ》った仲《なか》らしかった。

大木《おおき》が「婦人《ふじん》と職業《しょくぎょう》」。大木《おおき》は「婦人参政権《ふじんさんせいけん》について」、大木《おおき》が「婦人《ふじん》と職業《しょくぎょう》」。大木

テーマは西田《にしだ》が「婦人参政権《ふじんさんせいけん》について」、大木《おおき》が「婦人《ふじん》と職業《しょくぎょう》」。大木《おおき》が恥《は》ずかしい、と言《い》ったのは、女性《じょせい》を、産《う》む作業《さぎょう》から解放《かいほう》しよう、といった調子《ちょうし》の、威勢《いせい》のいい婦人《ふじん》と職業《しょくぎょうろん》論だったかららしい。言《い》いあてて、いまだに産《う》む作業《さぎょう》を知《し》らず、と大木《おおき》は道化《どうけ》て言《い》った。東京《とうきょう》の女子大《じょしだい》を卒《そつ》業《ぎょう》した大木《おおき》は、長崎《ながさき》に帰《かえ》って来《き》て、中学校《ちゅうがっこう》の教師《きょうし》を職業《しょくぎょう》として選《えら》んだ。それから今日《きょう》まで、何《なん》となく、独身生活《どくしんせいかつ》を続《つづ》けている。いつか結婚《けっこん》しよう、と待《ま》ちながら、とうとう、四十歳《よんじっさい》を過《す》ぎてしまった、と大木《おおき》は言《い》った。

「だけど、女《おんな》が一人《ひとり》で生《い》きていくには、公務員《こうむいん》が最高《さいこう》じゃないの」と西《にし》田《だ》が言《い》った。

「そう、老後《ろうご》の恩給《おんきゅう》*もつくし、よかでしたい」と野田《のだ》も言《い》い、うちは、ご亭主《ていしゅ》が死《し》ねば、その場《ば》でアウトさ、と首《くび》をくる真似《まね》をした。大木《おおき》が表情《ひょうじょう》を曇《くも》らせて、そうでもなかよ、と言《い》った。

恩給《おんきゅう》 日本《にほん》の公務員《こうむいん》に対《たい》する年金制度《ねんきんせいど》の一種《いっしゅ》。主《おも》に第二次世界大戦終了《だいにじせかいたいせんしゅうりょう》までの旧軍人《きゅうぐんじん》や、軍事《ぐんじ》以外《いがい》の行政事務《ぎょうせいじむ》を取《と》り扱《あつか》う官吏《かんり》が、本人《ほんにん》および本人死亡後《ほんにんしぼうご》の遺族《いぞく》の生活保障《せいかつほしょう》として給付《きゅうふ》された年金《ねんきん》または一時金《いちじきん》。

最近《さいきん》、長崎県《ながさきけん》では離島《りとう》の教育問題《きょういくもんだい》が注目《ちゅうもく》されてきている。離島《りとう》を多《おお》く持《も》つ長崎県《ながさきけん》では、常《つね》に懸案《けんあん》*になっている問題点《もんだいてん》だが、大木《おおき》にかかわりが出《で》てくるのは、最《もっと》も個人的《こじんてき》な、離島赴任《りとうふにん》の問題《もんだい》である。そして、その可能性《かのうせい》が、大木《おおき》の場合《ばあい》には大《おお》きいという。独身《どくしん》であるのも赴任《ふにん》の条件《じょうけん》の一《ひと》つになるが、二十年《にじゅうねん》を越《こ》える教師生活《きょうしせいかつ》の中《なか》で、まだ長崎市内《ながさきしない》から外部《がいぶ》に出《で》たことがない。現在《げんざい》まで、転任《てんにん》は市内《しない》の中学校《ちゅうがっこう》に限《かぎ》られてきた。これは、離島《りとう》の多《おお》い長崎県《ながさきけん》の教師《きょうし》にとっては珍《めずら》しいことだ。しかし、来春《らいしゅん》の異動《いどう》には、確実《かくじつ》に離島赴任《りとうふにん》が命《めい》じられるだろう。大木《おおき》は、赴任《ふにん》を嫌《きら》っているのではない。大木《おおき》が気《き》がかりなのは、原爆症《げんばくしょう》の再発《さいはつ》である。

被爆直後《ひばくちょくご》、生徒死亡者名《せいとしぼうしゃめい》が校門《こうもん》に張《は》り出《だ》された時《とき》、五十音順《ごじゅうおんじゅん》の真《ま》っ先《さき》に、大木《おおき》の姓名《せいめい》が書《か》いてあった。私《わたし》たちは追悼会《ついとうかい》の日《ひ》まで、大木《おおき》は被《ひ》爆死《ばくし》したものだ、と思《おも》っていた。背中《せなか》や腕《うで》にガラス片《へん》がささった大木《おおき》

懸案《けんあん》　以前《いぜん》から問題《もんだい》となっていながら、まだ解決《かいけつ》されていない案件《あんけん》。

は、出血《しゅっけつ》がひどく、講堂《こうどう》で看護《かんご》を受《う》けながら、意識《いしき》がなくなることがあった。引《ひ》き取《と》りに来《き》た両親《りょうしん》に抱《だ》かれて、大木《おおき》は帰宅《きたく》したが、その姿《すがた》から、死亡説《しぼうせつ》が出《で》たらしかった。現在《げんざい》は、一応健康《いちおうけんこう》にみえるが、不発弾《ふはつだん》を抱《だ》いているようなものである。もうこの年《とし》だし、死《し》んでもよかばってん、いざとなれば、やっぱり怖《おそ》ろしかっさ、と大木《おおき》が言《い》った。島《しま》にも医《い》師《し》はいるが、原爆症《げんばくしょう》が出《で》た場合《ばあい》、大木《おおき》は、私《わたし》もだが、長崎市《ながさきし》にある原爆《げんばく》病院《びょういん》に入院《にゅういん》したい、という希望《きぼう》がある。原爆症《げんばくしょう》にかかわらず、何《なん》らかの病気《びょうき》にかかったら、原爆症《げんばくしょう》を考慮《こうりょ》しながら治療《ちりょう》が受《う》けられる、原爆《げんばく》病院《びょういん》に入院《にゅういん》したい、と思《おも》っている。できるならば、原爆病院《げんばくびょういん》に近《ちか》い市《し》か、町《まち》で生活《せいかつ》をしていたい、とも思《おも》っている。大木《おおき》の不安《ふあん》は、原爆病《げんばくびょう》院《いん》から海《うみ》をへだてて離《はな》れることにある。しかし、被爆《ひばく》の前歴《ぜんれき》は、赴任拒《ふにんきょ》否《ひ》の理由《りゆう》にはならない。仮《かり》に受《う》け入《い》れられるならば、長崎県《ながさきけん》の教師《きょうし》たちは、それぞれが、原爆《げんばく》に関連《かんれん》を持《も》っているだろう。

離島《りとう》に行《い》く教師《きょうし》は、いなくなるだろう。が、大木《おおき》が躊躇《ちゅうちょ》する気持《きも》ちは、同《おな》じ被爆者《ひばくしゃ》である私《わたし》には理解《りかい》できた。

だけど、と西田《にしだ》が言《い》った。

「むごいことを言《い》うようだけれど、予定《よてい》が組《く》まれたら進《すす》まなきゃならない、それが生《い》きるってことじゃない、たとえ病気《びょうき》であってもよ」

同《おな》じ場所《ばしょ》に踏《ふ》みとどまっている訳《わけ》にはいかないのだ、立《た》っている現在《げんざい》が、常《つね》に出発点《しゅっぱつてん》なのだ、と西田《にしだ》が言《い》った。

西田《にしだ》は半年前《はんとしまえ》に夫《おっと》を亡《な》くしている。二《に》、三日床《さんにちとこ》についただけで、一言《ひとこと》の遺言《ゆいごん》もなく死《し》んだ。さいわい、西田《にしだ》は服飾《ふくしょく》デザイナーとして、名《な》を成《な》している。夫《おっと》の死《し》によって、野田《のだ》のように首《くび》をくくる心配《しんぱい》はない。仕事《しごと》ぶりにも定評《ていひょう》があって、確実《かくじつ》な足場《あしば》を持《も》っているように思《おも》える。それでも進《すす》むしかないのよ、いつ足《あし》をすくおうかって、虎視《こし》*たんたんなのよ、と西田《にしだ》は言《い》った。それから西田《にしだ》は、「失礼《しつれい》だけど、あなたご主人《しゅじん》は？」

虎視《こし》たんたん　虎《とら》が、鋭《するど》い目《め》つきで獲《え》物《もの》を狙《ねら》っている様子《ようす》。転《てん》じて、じっと機会《きかい》を狙《ねら》っているさま。

と原《はら》に尋《たず》ねた。原《はら》は首《くび》を振《ふ》って、大木《おおき》さんと同《おな》じよ、と答《こた》えた。太《ふと》った大木《おおき》に比《くら》べて、原《はら》はいかにも病弱《びょうじゃく》にみえる。

手《て》や足《あし》も細《ほそ》く、日本人形《にほんにんぎょう》のように整《ととの》った顔《かお》は、青《あお》く肌《はだ》が沈《しず》んでいる。被爆以後《ひばくいご》、悪性貧血《あくせいひんけつ》に悩《なや》まされて、結婚生活《けっこんせいかつ》に耐《た》えられる肉体《にくたい》ではないようにみえる。大木《おおき》の両親《りょうしん》は、数年前《すうねんまえ》に相次《あいつ》いで死亡《しぼう》しているが、原《はら》の両親《りょうしん》は健在《けんざい》で、両親《りょうしん》の庇護《ひご》を受《う》けて生活《せいかつ》をしていた。

「ご主人《しゅじん》がいるのは、野田《のだ》さんだけね」と私《わたし》が言《い》った。おうち*は？と野田《のだ》が私《わたし》に聞《き》いた。

一人《ひとり》よ、とだけ私《わたし》は答《こた》えた。

五人《ごにん》いる、かつての少女《しょうじょ》たちの中《なか》で、平穏《へいおん》な結婚生活《けっこんせいかつ》を続《つづ》けているのは、野田一人《のだひとり》だった。死別《しべつ》、離婚《りこん》、そして独身《どくしん》で今日《きょう》まできている大木《おおき》と原《はら》。陽《ひ》だまりの窓辺《まどべ》で、私《わたし》たちは暫《しば》く無言《むごん》でいた。

「生《い》き残《のこ》って三十年《さんじゅうねん》、ただ生《い》きてきただけのごたる*気《き》のする」と原《はら》が

おうち　御内《みうち》。他人《たにん》の家《いえ》を敬《うやま》う言《い》い方《かた》。お宅《たく》。

のごたる　～のようだ、という意味《いみ》の方言《ほうげん》。

言《い》った。うちたちは原爆《げんばく》にこだわりすぎるとやろうか、と大木《おおき》がひっそりと言《い》った。

「きぬ子《こ》は、今日《きょう》は来《き》ならんと？」と野田《のだ》が話題《わだい》をかえた。ああ、忘《わす》れとった、と大木《おおき》が頓狂《とんきょう》＊な声《こえ》をあげた。朝《あさ》、島原《しまばら》＊に住《す》んでいるきぬ子《こ》から、大木《おおき》に電話《でんわ》があった、という。西田《にしだ》と私《わたし》が、一週間《いっしゅうかん》の予定《よてい》で東京《とうきょう》から帰郷《ききょう》しているのを知《し》っているきぬ子《こ》は、今日《きょう》の母校訪問《ぼこうほうもん》に参加《さんか》する予定《よてい》でいた。それが急《きゅう》に、出席《しゅっせき》できなくなったのだ。

「申《もう》し込《こ》んどったベッドの空《あ》いてさ、原爆病院《げんばくびょういん》にあした、入院《にゅういん》しなっとげなさ」大木《おおき》の言葉《ことば》に、原爆症《げんばくしょう》ね？　と原《はら》が眉《まゆ》を寄《よ》せた。大木《おおき》は、うん、と首《くび》を振《ふ》って、背中《せなか》のガラスば抜きなっとさ、と言《い》った。

きぬ子《こ》は、島原《しまばら》で小学校《しょうがっこう》の教師《きょうし》をしている。二年生《にねんせい》を受《う》け持《も》っているが、ガラス片《へん》の痛《いた》みを知《し》ったのは、体育《たいいく》の授業中《じゅぎょうちゅう》である。活発《かっぱつ》なきぬ

頓狂《とんきょう》　おどけた。まのぬけた。
島原《しまばら》　長崎県南東部《ながさきけんなんとうぶ》の地名《ちめい》。島原半島《しまばらはんとう》の東部《とうぶ》にある。

子《こ》は、四十歳《よんじっさい》を過《す》ぎていながら、子供《こども》たちに前転《ぜんてん》をしてみせていた。丸《まる》めた背中《せなか》が、マットの上《うえ》に落《お》ちた時《とき》である。明滅《めいめつ》するイルミネーションのような、軽《かろ》やかな痛《いた》みが、背中《せなか》に起《お》きた。年《とし》のせいかな、ときぬ子《こ》は思《おも》いながら、あと一度《いちど》、前転《ぜんてん》を、生徒《せいと》の前《まえ》でしてみせた。今度《こんど》は、尖《とが》った痛《いた》みがした。放課後《ほうかご》、きぬ子《こ》は病院《びょういん》に寄《よ》って、診《み》てもらった。医師《いし》は指先《ゆびさき》で、背中《せなか》の処《ところ》どころを押《お》して、原爆《げんばく》におうとれば、その時《とき》ささったガラスじゃなかろうかあ、ときぬ子《こ》に聞《き》いた。レントゲンを撮《と》って、一《いっ》週間後《しゅうかんご》に一《いっ》ヵ所切開《しょせっかい》してみると、医師《いし》の言葉《ことば》どおり、ガラスが出《で》てきた。その部分《ぶぶん》の肌《はだ》は固《かた》くこりこりしていて、それが幾《いく》つかある。レントゲンには影《かげ》になって写《うつ》るらしいが、切開《せっかい》してガラスを取《と》り出《だ》すために、あした、きぬ子《こ》は入院《にゅういん》するのだ、と大木《おおき》が説明《せつめい》した。

「きぬ子《こ》さんって、よく覚《おぼ》えていないけれど弁論大会《べんろんたいかい》に、一緒《いっしょ》に出《で》た人《ひと》じゃない」と西田《にしだ》が聞《き》いた。へえ、出《で》なったね、と野田《のだ》が答《こた》えた。そして、あんなんはあん時《とき》は、坊主頭《ぼうずあたま》やったね、と言《い》った。被爆後《ひばくご》、きぬ子《こ》は髪《かみ》の毛《け》が脱《ぬ》けてしまって坊主頭《ぼうずあたま》になっていた、という。丸坊主《まるぼうず》で演壇《えんだん》に立《た》ったきぬ子《こ》も、在学中《ざいがくちゅう》のきぬ子《こ》も私《わたし》は覚《おぼ》えていないし、知《し》らない。「命《いのち》について、話《はな》しなったね」と原《はら》が覚《おぼ》えていて、言《い》った。おとうさんも、おかあさんも即死《そくし》しなったけんねえ、と大木《おおき》が言《い》った。独《ひと》りっ子《こ》だったの？　と私《わたし》が聞《き》いた。うちとおんなじ、*天涯孤独《てんがいこどく》の教師《きょうし》さ、と大《おお》木《き》は、私《わたし》たちを見《み》て、笑《わら》ってみせた。

　女学生時代《じょがくせいじだい》のきぬ子《こ》を知《し》らない私《わたし》が、きぬ子《こ》とつき合《あ》うようになったのは、同窓会《どうそうかい》か同年会《どうねんかい》で同席《どうせき》して、それから、つき合《あ》いがはじまったようである。そして昨年《さくねん》、十年《じゅうねん》ぶりに私《わたし》はきぬ子《こ》に逢《あ》った。

　私《わたし》たちの恩師《おんし》に、T先生《せんせい》という女先生《おんなせんせい》がいた。当時二十四《とうじにじゅうし》、五歳《ごさい》で、長崎市内《ながさきしない》の上町《うわまち》にあるK寺《じ》のお嬢《じょう》さんだった。N高女《こうじょ》の先輩《せんぱい》で、金色《きんいろ》の

天涯孤独《てんがいこどく》　身寄《みよ》りが一人《ひとり》もおらず、遠《とお》い地《ち》でただ一人《ひとり》暮《く》らすこと。

産毛《うぶげ》が頬《ほお》から耳《みみ》たぶにかけて光《ひか》る、色《いろ》の白《しろ》い、美《うつく》しい先生《せんせい》だった。目《め》の玉《たま》が、青《あお》みがかった灰色《はいいろ》をしており、髪《かみ》の毛《け》も細《ほそ》く、産毛《うぶげ》よりやや濃《こ》い、栗色《くりいろ》をしていた。長崎《ながさき》には西洋人《せいようじん》と見間違《みまちが》えそうな男女《だんじょ》が多《おお》いが、T先《せん》生《せい》もそうみえた。T先生《せんせい》は、兵器工場《へいきこうじょう》に動員《どういん》された生徒《せいと》について出向《しゅっこう》していたが、八月九日《はちがつここのか》、きぬ子《こ》と同《おな》じ職場《しょくば》の精密機械工場《せいみつきかいこうじょう》で即死《そくし》した。

昨年十月《さくねんじゅうがつ》、T先生《せんせい》の墓《はか》が、生家《せいか》であるK寺《じ》にあるのを知《し》った私《わたし》は、きぬ子《こ》を誘《さそ》って、三十年《さんじゅうねん》ぶりに墓参《はかまい》りをした。

墓参《はかまい》りを終《お》えた私《わたし》たちは、K寺《じ》の、町《まち》を見《み》おろせる樫《かし》の木《き》の根元《ねもと》に坐《すわ》って、T先生《せんせい》の想《おも》い出話《でばなし》をしていた。きぬ子《こ》は、T先生《せんせい》の即死《そくし》の現場《げんば》を見《み》ている。遺体《いたい》を確《たし》かめたわけではないが、閃光《せんこう》に額《ひたい》をうたれて、光《ひかり》の中《なか》に溶《と》けて見《み》えなくなった瞬時《しゅんじ》を、目撃《もくげき》している。その時《とき》T先生《せんせい》は、きぬ子《こ》に向《む》かって、大《おお》きな口《くち》をあけて何事《なにごと》かを叫《さけ》んだ。言葉《ことば》は、勿論聞《もちろんき》きとれなかった。単《たん》なる叫《さけ》び、だったかもしれないが、きぬ子《こ》はT先生《せんせい》の最後《さいご》の言葉《ことば》を、何《なん》とか理解《りかい》してあげたい、と思《おも》い続《つづ》けた。開《ひら》いた唇《くちびる》の形《かたち》を脳裏《のうり》に繰《く》り返《かえ》し描《えが》いて考《かんが》えているうちに、いつの間《ま》にか、T先生《せんせい》はきぬ子《こ》の頭《あたま》の中《なか》に貼《は》り絵《え》のように、貼《は》りついてしまった。

聞《き》きとれなかった言葉《ことば》は、きぬ子《こ》の心《こころ》の負担《ふたん》になって、この頃《ごろ》では、あの情景《じょうけい》が事実《じじつ》だったのか、T先生《せんせい》は本当《ほんとう》に死《し》んだのだろうか、と、それさえも疑《うたが》うようになっているのだ、と言《い》った。K寺《じ》に墓参《はかまい》りに来《き》たのも、曖昧《あいまい》になりつつある過去《かこ》を確《たし》かめる意味《いみ》と、はっきりT先生《せんせい》の死《し》に決着《けっちゃく》をつけるためだ、と言《い》い、この樫《かし》の木《き》の根元《ねもと》で、T先生《せんせい》を焼《や》きなったって、住職夫人《じゅうしょくふじん》はいいなったね、と私《わたし》に住職夫人《じゅうしょくふじん》の言葉《ことば》を確認《かくにん》させた。

本当《ほんとう》よ、ここで焼《や》いたって住職夫人《じゅうしょくふじん》は話《はな》したわ、と私《わたし》は答《こた》えて、樫《かし》の木《き》の、瘤《こぶ》になった根《ね》を叩《たた》いた。骨《ほね》も拾《ひろ》うたって、いいなったね、もう、死《し》になった人《ひと》のことは忘《わす》れてしもうてもよかよねえ、きぬ子《こ》は私《わたし》を真似《まね》て、樫《かし》の木《き》の瘤《こぶ》を叩《たた》いて言《い》った。その時《とき》きぬ子《こ》は、痛《いた》い、と小《ちい》さい叫《さけ》びをあげて、手《て》のひらを撫《な》でた。手《て》のひらには、傷口《きずぐち》も、出血《しゅっけつ》もなかった。とげをさしたの？　不思議《ふしぎ》に思《おも》って私《わたし》は聞《き》いた。

「ガラスさ」ときぬ子《こ》は、それだけ答《こた》えた。その時《とき》の、抑揚《よくよう》のないきぬ子《こ》の言葉《ことば》を、私《わたし》は想《おも》い出《だ》していた。

「人間《にんげん》の体《からだ》は、よう出来《でき》とるね」と大木《おおき》が言《い》った。四《し》、五年前《ごねんまえ》に大木《おおき》の背中《せなか》からも一個《いっこ》、ガラスが出《で》てきた。医師《いし》に、切開《せっかい》をして出《だ》してもらうと、真綿《まわた》のような脂肪《しぼう》の固《かた》まりが出《で》てきた。四《し》、五《ご》ミリの、小《ちい》さいガラス片《へん》は脂肪《しぼう》の核《かく》になって、まるく、真珠《しんじゅ》のように包《つつ》み込《こ》まれていた、という。

私《わたし》たちは講堂《こうどう》を出《で》た。講堂《こうどう》を出《で》ると、階段《かいだん》の踊《おど》り場《ば》を中心《ちゅうしん》に、右《みぎ》と左《ひだり》に廊下《ろうか》が分《わ》かれている。右側《みぎがわ》が特別教室《とくべつきょうしつ》になっている。私《わたし》たちが終戦《しゅうせん》直後《ちょくご》に使用《しよう》していた教室《きょうしつ》は、その左側《ひだりがわ》である。私《わたし》たちは、「何組《なんくみ》だった？」と銘《めい》めいの担任《たんにん》と級《きゅう》を確《たし》かめあいながら、廊下《ろうか》を歩《ある》いて行《い》った。私《わたし》たちが歩《ある》いている廊下《ろうか》は、コの字形《じがた》の校舎《こうしゃ》の、背《せ》の部分《ぶぶん》になっている。コの字《じ》の角《かど》に当《あ》たる教室《きょうしつ》は、出入《でい》り口《ぐち》が一《ひと》つしかない。

他《ほか》の教室《きょうしつ》は、前後《ぜんご》に一《ひと》つずつ、出入《でい》り口《ぐち》がついていた。角《かど》の教室《きょうしつ》は非《ひ》常《じょう》の場合《ばあい》を考《かんが》えて、隣《とな》りの教室《きょうしつ》との境《さかい》の壁《かべ》に、ドアが一《ひと》つ、取《と》りつけてあった。私《わたし》は、その角《かど》の部屋《へや》のドアに記憶《きおく》があった。ここが私《わたし》の教室《きょうしつ》ね、と私《わたし》は西田《にしだ》に言《い》った。西田《にしだ》は、どれ？　と言《い》いながら、廊下《ろうか》の窓《まど》から教室《きょうしつ》の内部《ないぶ》をのぞき込《こ》んだ。女学生《じょがくせい》の頃《ころ》によくのぞき込《こ》んだ姿勢《しせい》で、西田《にしだ》は手摺《てすり》に両《りょう》ひじをかけて、上半身《じょうはんしん》を教室《きょうしつ》に折《お》り込《こ》む格好《かっこう》で、室内《しつない》を見《み》まわした。そして、これはわたしのクラスよ、と言《い》った。西田《にしだ》も、壁《かべ》のドアのノブに記憶《きおく》がある、という。二人《ふたり》がもっているノブの記憶《きおく》は、二人《ふたり》ともが正《ただ》しいのかもしれなかった。ただ、出入《でい》り口《ぐち》が一《ひと》つしかない角《かど》の教室《きょうしつ》なのか、それとも角《かど》の教室《きょうしつ》に壁《かべ》を接《せっ》した、共通《きょうつう》のドアを持《も》った教室《きょうしつ》なのか。いずれにしても西田《にしだ》と私《わたし》の教室《きょうしつ》は、隣《とな》りあっていた事《こと》は確《たし》かなようだった。

西田《にしだ》と私《わたし》は、転校生《てんこうせい》の心細《こころぼそ》さから親《した》しくなったが、卒業《そつぎょう》までに同《おな》じクラスになったことはない。二人《ふたり》が同《おな》じ教室《きょうしつ》の想《おも》い出《で》を持《も》っているのは、おかしなことだった。

大木《おおき》が、西田《にしだ》の横《よこ》から教室《きょうしつ》をのぞいた。

「きぬ子《こ》は、この教室《きょうしつ》やったよ、同《おな》じクラスやったと」と大木《おおき》は、私《わたし》たち二人《ふたり》に聞《き》いた。私《わたし》は、違《ちが》う、と答《こた》えた。西田《にしだ》も、きぬ子《こ》と一緒《いっしょ》のクラスになった覚《おぼ》えはない、と答《こた》えた。

「この壁《かべ》に、大穴《おおあな》のあいとったね」話《はな》しながら大木《おおき》は、教室《きょうしつ》に入《はい》って行《い》く。大木《おおき》は些細《ささい》な部分《ぶぶん》まで、記憶《きおく》していた。大木《おおき》に続《つづ》いて、私《わたし》たちも教《きょう》室《しつ》に入《はい》った。陽《ひ》がかげった教室《きょうしつ》には、講堂《こうどう》と同《おな》じように椅子《いす》も机《つくえ》もない。*白《はく》ぼくの粉《こな》が浮《う》いた黒板《こくばん》が、廊下側《ろうかがわ》の壁《かべ》にかかっている。

教室《きょうしつ》の横《よこ》の壁《かべ》にかかったこの黒板《こくばん》は、生徒用《せいとよう》の掲示板《けいじばん》である。黒板《こくばん》の右後《みぎうし》ろに、問題《もんだい》のドアがついていた。大木《おおき》が説明《せつめい》した壁《かべ》の大穴《おおあな》は、黒板《こくばん》とドアの間《あいだ》の壁《かべ》にあいていた。穴《あな》は、教室《きょうしつ》のやや後《うし》ろ寄《よ》りになる。女学生二人《じょがくせいふたり》が並《なら》んで通《とお》れる大《おお》きさで、そこから、隣《となり》の教室《きょうしつ》の授業風景《じゅぎょうふうけい》が見《み》えた。授業《じゅぎょう》にあきると、私《わたし》は振《ふ》り返《かえ》って、穴《あな》から見《み》える範囲《はんい》の、隣《となり》の教室《きょうしつ》の友達《ともだち》に目《め》くばせを送《おく》った。穴《あな》はすぐに補修《ほしゅう》されたが、記憶《きおく》をたどっていけば、角《かど》の教室《きょうしつ》は、やはり私《わたし》のクラスのように思《おも》えた。背丈《せたけ》が低《ひく》かった私《わたし》は、教室《きょうしつ》の前《まえ》に坐《すわ》っていた。

前《まえ》の座席《ざせき》から振《ふ》り返《かえ》って、隣《となり》の教室《きょうしつ》が壁《かべ》の穴《あな》から見《み》えるのは、この角《かど》の教室《きょうしつ》しかない。

「覚《おぼ》えとる？」と大木《おおき》が聞《き》いた。きぬ子《こ》の空罐《あきかん》？　と重《かさ》ねて聞《き》く。空罐《あきかん》

白《はく》ぼく　チョーク。

を、どうかしなったと、と野田《のだ》が聞《き》いた。

「ほら、空罐《あきかん》におとうさんと、おかあさんの骨《ほね》ば入《い》れて、毎日《まいにち》持《も》って来《き》とんなったでしたい」と大木《おおき》が言《い》った。ああ、と私《わたし》は叫《さけ》んだ。あの少女《しょうじょ》が、きぬ子《こ》だったのか。それならばきぬ子《こ》と私《わたし》は、クラスメートになる。両親《りょうしん》の骨《ほね》を手《て》さげカバンに入《い》れて、登校《とうこう》して来《き》ていた少女《しょうじょ》を、私《わたし》は覚《おぼ》えている。少女《しょうじょ》は、赤《あか》く、炎《ほのお》でただれた蓋《ふた》のない空罐《あきかん》に、骨《ほね》を入《い》れていた。骨《ほね》がこぼれ落《お》ちないように、口《くち》に新聞紙《しんぶんし》をかけて、赤《あか》い糸《いと》で結《ゆ》わえてあった。少女《しょうじょ》は席《せき》に着《つ》くと、手《て》さげカバンの中《なか》から、教科書《きょうかしょ》を出《だ》す。それから両手《りょうて》で抱《だ》きあげるように、空罐《あきかん》を取《と》り出《だ》す。そして、それを机《つくえ》の右端《みぎはし》に置《お》く。授業《じゅぎょう》が終《お》わると、手《て》さげカバンの底《そこ》に、両手《りょうて》でしまい、帰《かえ》って行《い》く。初《はじ》め、私《わたし》たちは空罐《あきかん》の中身《なかみ》が何《なん》であるか、誰《だれ》も知《し》らなかった。少女《しょうじょ》も話《はな》そうとしない。被爆後《ひばくご》、私《わたし》たちは明《あ》からさまに話《はな》さない事《こと》が多《おお》くなっていたので、気《き》にかかりながら、誰《だれ》も尋《たず》ねなかった。少女《しょうじょ》の、空罐《あきかん》を取《と》り扱《あつか》う指先《ゆびさき》が、いかにも愛《いと》しそうに見《み》えて、いっそう聞《き》くのをはばかった。

書道《しょどう》の時間《じかん》だった。復員《ふくいん》*して帰《かえ》って来《き》た若《わか》い書道《しょどう》の教師《きょうし》が、ある日《ひ》、机《つくえ》の上《うえ》の空罐《あきかん》に気《き》がついた。半紙《はんし》と硯《すずり》と教科書《きょうかしょ》で、机《つくえ》の上《うえ》は一杯《いっぱい》になっている。

「その罐《かん》は何《なん》だ、机《つくえ》の中《なか》にしまえ」と教壇《きょうだん》から教師《きょうし》が言《い》った。少女《しょうじょ》はうつむいて、空罐《あきかん》をモンペのひざに抱《だ》いた。そして、泣《な》き出《だ》した。教師《きょうし》が理由《りゆう》を聞《き》いた。

「とうさんと、かあさんの骨《ほね》です」と少女《しょうじょ》が答《こた》えた。書道《しょどう》の教師《きょうし》は、少女《じょ》の手《て》から、空罐《あきかん》を取《と》った。それを教壇《きょうだん》の机《つくえ》の中央《ちゅうおう》に置《お》いた。ご両親《りょうしん》の冥福《めいふく》をお祈《いの》りして、黙禱《もくとう》を捧《ささ》げよう、と教師《きょうし》は目《め》を閉《と》じた。ながい沈黙《ちんもく》の後《あと》で、教師《きょうし》は、空罐《あきかん》を少女《しょうじょ》の机《つくえ》に返《かえ》して、「明日《あす》からは、家《いえ》に置《お》いてきなさい、ご両親《りょうしん》は、君《きみ》の帰《かえ》りを家《いえ》で待《ま》ってて下《くだ》さるよ、その方《ほう》がいい」

復員《ふくいん》 軍務《ぐんむ》を解《と》かれて帰郷《ききょう》すること。

と言《い》った。

あの時《とき》の少女《しょうじょ》が、きぬ子《こ》だったのだ。空罐事件《あきかんじけん》は、私《わたし》の少女時代《しょうじょじだい》に錐《きり》を刺《さ》し込《こ》んだような、心《こころ》の痛《いた》みになって残《のこ》っていた。空罐《あきかん》の持《も》ち主《ぬし》が誰《だれ》だったか、と言《い》うことよりも、事件《じけん》そのものの方《ほう》が、印象《いんしょう》が深《ふか》くあった。焼《や》けた家《いえ》の跡《あと》に立《た》って、白《しろ》い灰《はい》の底《そこ》から父《ちち》と母《はは》の骨《ほね》を拾《ひろ》う、幼《おさな》いきぬ子《こ》の、うつむいた姿《すがた》が、薄暗《うすぐら》い教室《きょうしつ》の中《なか》に浮《う》かびあがった。あの空罐《あきかん》は、いま何処《どこ》にあるのだろう。

きぬ子《こ》は、まだ、赤《あか》さびた空罐《あきかん》に両親《りょうしん》の骨《ほね》を入《い》れて、独《ひと》り住《ず》まいの部《へ》屋《や》の机《つくえ》に、置《お》いているのだろうか。

昨年《さくねん》、K寺《じ》で逢《あ》ったときにも、きぬ子《こ》は両親《りょうしん》の話《はなし》には触《ふ》れなかった。現在《げんざい》の生活《せいかつ》も、過去《かこ》の生活《せいかつ》も、いっさいを口《くち》にしなかった。あの頃《ころ》、背《せ》中《なか》のガラスは、既《すで》に痛《いた》みはじめていたのかもしれない。

きぬ子《こ》は、あした入院《にゅういん》するという。きぬ子《こ》の背中《せなか》から、三十年前《さんじゅうねんまえ》の

林京子

ガラス片《へん》は、何個《なんこ》でてくるだろう。光《ひかり》の中《なか》に取《と》り出《だ》された白《しろ》い脂肪《しぼう》のぬめった珠《たま》は、どんな光《ひかり》を放《はな》つのだろうか。

The End of the World

那《な》須《す》正《まさ》幹《もと》

那須正幹

1

作業室《さぎょうしつ》のなかは静《しず》かだった。空気清浄装置《くうきせいじょうそうち》のかすかな音《おと》のほかになにもきこえない。となりの居住室《きょじゅうしつ》をのぞくと、さっきまで、もうれつな口《くち》げんかをしていたパパとママが、仲《なか》よく段《だん》ベッドにもぐりこんで眠《ねむ》っていた。

ぼくはドアを閉《し》めると、無線機《むせんき》のスイッチをいれる。レシーバーからは、ザーッ、ザーッというノイズがきこえてくるだけだ。それでもぼくは、しんぼう強《づよ》くダイヤルをまわしつづける。

無線機《むせんき》が沈黙《ちんもく》して、何日《なんにち》になるだろう。最初《さいしょ》の十日《とおか》ばかり、うるさいほど交信《こうしん》をもとめる声《こえ》が飛《と》びかっていた。それが日《ひ》を追《お》ってすくなくなり、一《いっ》か月《げつ》をすぎると、ほとんどきかれなくなった。最後《さいご》まで電波《でんぱ》を送《おく》りつづけていたハワイのなんとかという名《な》の男《おとこ》のひとの声《こえ》も、四十日《よんじゅうにち》めにとだえてしまった。

あれ以来《いらい》、ぼくはパパとママ以外《いがい》の人間《にんげん》の声《こえ》をきいていない。

ぼくは、もういちどとなりの部屋《へや》をうかがってから、マイクに口《くち》をよせる。そして小声《こごえ》でよびかけるのだ。

「シー・キュウ、シー・キュウ。こちらはＪＡ４ＱＸ、ＪＡ４ＱＸ、感《かん》度《ど》あいましたら応答《おうとう》ねがいます。どうぞ……」

コールサイン*を発信《はっしん》すると、すぐさまレシーブ*にきりかえる。海岸《かいがん》にうちよせる波《なみ》に似《に》たノイズのなかに、だれかの声《こえ》がまじっていないか、全神経《ぜんしんけい》を耳《みみ》に集中《しゅうちゅう》して、じっと待《ま》つ。一秒《いちびょう》、二秒《にびょう》、三秒《さんびょう》、四秒《よんびょう》……。

ふたたびマイクにむかってしゃべりかける。

コールサイン　呼出符号《よびだしふごう》とも。無線《むせん》局《きょく》を識別《しきべつ》するための符号《ふごう》で，アルファベットと数字《すうじ》からなる。

レシーブ　受信状態《じゅしんじょうたい》。

「こちらJA4QXの山本一彦《やまもとかずひこ》です。日本国《にほんこく》A市《し》の山本一彦《やまもとかずひこ》。父《ちち》も母《はは》もぼくも、元気《げんき》です。どなたか交信《こうしん》してください。どうぞ……」

無線《むせん》の発信《はっしん》は、パパからきびしくとめられていた。もし発信場所《はっしんばしょ》をつきとめられて、ミサイル攻撃《こうげき》をかけられたら、どうするのか。地上《ちじょう》の人《にん》間《げん》がおしかけてきたらまずいことになる。

むろん出入《でい》り口《ぐち》はロックされているから、外部《がいぶ》からの侵入《しんにゅう》は無理《むり》だが、観測用《かんそくよう》のシュノーケル*や無線《むせん》のアンテナを破壊《はかい》されるおそれがあるというのだ。

でも、地上《ちじょう》で生《い》きている人《ひと》たちがいるとは、考《かんが》えられない。すくなくとも、ぼくらのいるシェルター*のまわりに生物《せいぶつ》が存在《そんざい》しないことは、シュノーケルの先端《せんたん》にセットしたテレビカメラで観察《かんさつ》したはずだ。赤褐《せっかつ》色《しょく》に染《そ》まった大地《だいち》と厚《あつ》い雲《くも》におおわれた空《そら》、それが地上《ちじょう》のすべてだった。地上《ちじょう》は死《し》んでしまったのだ。三《さん》か月前《げつまえ》のあの日《ひ》、あの瞬間《しゅんかん》に。

シュノーケル　潜水艦《せんすいかん》から水上《すいじょう》に伸《の》ばした、周囲確認《しゅういかくにん》と給排気《きゅうはいき》を行《おこな》うための装置《そうち》。ここでは地下《ちか》から地上《ちじょう》に伸《の》ばしている。

シェルター　悪天候《あくてんこう》や危険《きけん》から身《み》を守《まも》るための隠《かく》れ場所《ばしょ》。避難所《ひなんじょ》。

それでも、ぼくは確信《かくしん》していた。ぼくらのように地下《ちか》に避難《ひなん》した人《ひと》たちがいるにちがいない。ぼくらとおなじように鉛《なまり》とコンクリートの壁《かべ》に守《まも》られたシェルターのなかで息《いき》をひそめている仲間《なかま》が、どこかにいるはずだ。

そういえば、友《とも》だちに、宇宙人《うちゅうじん》の存在《そんざい》を信《しん》じているやつがいた。そいつは毎晩空《まいばんそら》にむけて電波信号《でんぱしんごう》を送《おく》りつづけていた。いつかはきっと、宇宙人《うちゅうじん》とコンタクトできると信《しん》じて。

「考《かんが》えてもみなよ。おれたちだって、ちっぽけな星《ほし》に住《す》む生物《せいぶつ》なんだ。つまり、おれたちも宇宙人《うちゅうじん》の一種《いっしゅ》なんだってことさ。おれたちが生《い》きてるってことは、ほかの星《ほし》にもおなじような連中《れんちゅう》がいて、友《とも》だちになりたいと考《かんが》えてたってふしぎはないだろう」

あいつは、いつか宇宙人《うちゅうじん》とコンタクトできると、本気《ほんき》で考《かんが》えていた。あいつはどうしたろう。最後《さいご》に会《あ》ったのは、たしか二月《にがつ》のはじめ、学《がっ》校《こう》が休校《きゅうこう》になる前《まえ》の日《ひ》だった。

「うちは、山奥《やまおく》の親戚《しんせき》の家《いえ》に逃《に》げるらしいよ」

たしか、そんなことをいっていた。

「おまえは?」

やつがたずねたけど、ぼくはてきとうにごまかしておいた。家《いえ》の地下《ちか》にシェルターがあるなんて、他人《たにん》にはいえない。ただの地下室《ちかしつ》がある家《いえ》さえ、近所《きんじょ》のひとがおしかけて、死人《しにん》が出《で》たほどだ。

ほんと、あの一《いっ》か月《げつ》ばかりのあいだ、世《よ》の中《なか》がめちゃくちゃだった。

2

はじめは中東《ちゅうとう》で起《お》こった戦争《せんそう》だった。去年《きょねん》の秋《あき》のことだ。石油《せきゆ》が値上《ねあ》がりするとか、円《えん》が安《やす》くなったとか、テレビのニュースできいたのをおぼえている。

戦火《せんか》がヨーロッパに飛《と》び火《ひ》した十二月《じゅうにがつ》ころだって、ぼくらは、気《き》にもしなかった。正月休《しょうがつやす》みに海外旅行《かいがいりょこう》にいけなくなったひとが、旅行会社《りょこうがいしゃ》にどなりこんで騒《さわ》いだのが話題《わだい》になっただけだ。

今年《ことし》のはじめ、朝鮮半島《ちょうせんはんとう》で戦争《せんそう》がはじまったとたん、大騒《おおさわ》ぎになった。自衛隊《じえいたい》がクーデターを起《お》こし、軍人《ぐんじん》の政府《せいふ》ができた。新《あたら》しい政府《せいふ》に反対《はんたい》したひとがたくさんつかまった。ぼくの中学《ちゅうがく》の先生《せんせい》も、何人《なんにん》か警察《けいさつ》に連《れん》行《こう》され、二度《にど》ともどってこなかった。

ぼくの町《まち》に航空自衛隊《こうくうじえいたい》の基地《きち》がある。今《いま》まで見《み》たこともない、米軍《べいぐん》の爆撃機《ばくげきき》や戦闘機《せんとうき》が、連日《れんじつ》やってきて、また、どこかへ飛《と》んでいくようになった。東南《とうなん》アジアで、小型《こがた》の核兵器《かくへいき》が使用《しよう》されたというニュースが飛《と》びこんできたのも、そのころだったろうか。

アメリカと中国《ちゅうごく》が、全面戦争《ぜんめんせんそう》にふみきるらしいといううわさが流《なが》れはじめ、とうとう学校《がっこう》が休校《きゅうこう》になった。都会《とかい》のひとが、どんどんいなかに避難《ひなん》をはじめた。でも、高速道路《こうそくどうろ》は軍用道路《ぐんようどうろ》になり、鉄道《てつどう》も自衛隊《じえいたい》がおさえてしまっていたから、民間人《みんかんじん》の乗《の》れる列車《れっしゃ》はすくなかったらしい。殺人《さつじん》や掠奪《りゃくだつ》*が、ごく普通《ふつう》のできごとになっていたし、デモや暴動《ぼうどう》が各《かく》地《ち》で起《お》こった。

パパが経営《けいえい》してる建設資材《けんせつしざい》の会社《かいしゃ》にもデモ隊《たい》がやってきたという。ぼくの家《いえ》にも、五十人《ごじゅうにん》ほどのはちまきすがたの男女《だんじょ》が、プラカードをおしたててやってきて、門《もん》の前《まえ》にすわりこんだ。

そのうち、自衛隊《じえいたい》のトラックがやってきて、デモ隊《たい》に機関銃《きかんじゅう》をうちはじめた。悲鳴《ひめい》をあげて逃《に》げだした人《ひと》たちが、つぎつぎと道路《どうろ》にたおれていくのを、ぼくは二階《にかい》の窓《まど》から、こわごわながめていた。

夜《よる》おそく家《いえ》にもどってきたパパが、ぼくらにシェルターにはいるようにいったのも、あの日《ひ》だ。三月一日《さんがつついたち》だった。

掠奪《りゃくだつ》 暴力的《ぼうりょくてき》に奪《うば》い取《と》ること。

「とうとうはじまったぞ。あと十時間以内《じゅうじかんいない》に日本《にほん》は核攻撃《かくこうげき》をうけるそうだ」

「あなた、わたしたち、どうなるんです？」

ママが泣《な》きだした。

「心配《しんぱい》ないさ。そりゃあ、たくさんの犠牲者《ぎせいしゃ》は出《で》るだろうが、国家《こっか》は、ちゃんと残《のこ》る。こうなれば、やるしかないんだよ。なあに、わたしのような民間人《みんかんじん》でさえ、この日《ひ》のことを予想《よそう》してシェルターをこさえといたんだ。かしこい連中《れんちゅう》は、みなそれなりの対策《たいさく》をたてているさ」

パパは興奮《こうふん》というより、うきうきしてるみたいな口《くち》ぶりでこたえた。

「自衛隊《じえいたい》の幹部《かんぶ》にきいたんだが、おそくとも一《いっ》か月《げつ》たてば、地上《ちじょう》にもどれるそうだ。残留放射能《ざんりゅうほうしゃのう》*というやつは、シロウトが思《おも》うほど影響《えいきょう》はないらしいよ。会社《かいしゃ》の資材《しざい》は、あらかた地面《じめん》に埋《う》めておいたし、有能《ゆうのう》な技《ぎ》師《し》や社員《しゃいん》も、会社《かいしゃ》のシェルターに避難《ひなん》させておいた。こんど地上《ちじょう》に出《で》た

放射能《ほうしゃのう》　外《そと》からの刺激《しげき》を受《う》けることなく、原子核《げんしかく》が自発的《じはつてき》に放射線《ほうしゃせん》を放出《ほうしゅつ》する性質《せいしつ》をいう。放射線《ほうしゃせん》を身体《しんたい》に受《う》けることにより細胞内《さいぼうない》のDNAが傷《きず》つけられる。

らいそがしくなるぞ。それこそ大建設《だいけんせつ》ブームがやってくることは、まちがいないからな」

はたして、それから八時間後《はちじかんご》、地震《じしん》のような衝撃《しょうげき》が、ぼくたちのかくれている、地下八《ちかはち》メートルのシェルターをおそった。厚《あつ》さ一《いち》メートルの鉛《なまり》とコンクリートの壁《かべ》が、断続的《だんぞくてき》にふるえた。

コンピューターが、爆心地《ばくしんち》をわりだした。いちばん近《ちか》いのは、ぼくの町《まち》から南西二百八十《なんせいにひゃくはちじっ》キロの地点《ちてん》で、東三百二十《ひがしさんびゃくにじっ》キロの地点《ちてん》でもどうようの爆発《ばくはつ》が起《お》こったらしい。さらに東北東七百《とうほくとうななひゃっ》キロ、北東千四百《ほくとうせんよんひゃっ》キロ、南西千《なんせいせん》キロでも、爆発《ばくはつ》が起《お》こっている。

むろん、おなじころ、世界各地《せかいかくち》で核爆弾《かくばくだん》が炸裂《さくれつ》したらしいことが、外《がい》国《こく》の*短波放送《たんぱほうそう》でわかった。

ほとんど絶叫《ぜっきょう》に近《ちか》いアナウンサーの声《こえ》を、ぼくらは無言《むごん》できいった。

短波放送《たんぱほうそう》　3〜30メガヘルツの短波帯《たんぱたい》電波《でんぱ》を使用《しよう》して行《おこな》う音声放送《おんせいほうそう》。3000〜4000km離《はな》れた所《ところ》まで伝《つた》わるので、国際放送《こくさいほうそう》や遠隔地《えんかくち》向《む》けの国内放送《こくないほうそう》に使《つか》われる。

そして、長《なが》い静寂《せいじゃく》……。

3

シェルターにはいって、きょうで九十二日《きゅうじゅうににち》めになる。

パパとママは、近《ちか》ごろ毎日《まいにち》のようにけんかをしている。けんかの原因《げんいん》はコンピューターだ。

地上観測用《ちじょうかんそくよう》のシュノーケルには、残留放射能《ざんりゅうほうしゃのう》の測定器《そくていき》が取《と》りつけてあり、測定《そくてい》データが自動的《じどうてき》にコンピューターに記録《きろく》され、地上《ちじょう》に出《で》られる日《ひ》が予想《よそう》できるようになっていた。

最初《さいしょ》のころ、コンピューターの予想《よそう》は、三十日《さんじゅうにち》だった。ところが、時間《じかん》がたつにつれて、ふえていき、ついに回答不可能《かいとうふかのう》のサインが出《で》るようになった。

なぜ、コンピューターが回答《かいとう》できないのか。パパも首《くび》をかしげるばかりだった。どうやらコンピューターにインプットされている放射線《ほうしゃせん》の基《き》礎《そ》データと、現実《げんじつ》の測定《そくてい》データに大《おお》きなずれがあるらしい。つまり、今《いま》まで考《かん》えられていた核戦争《かくせんそう》の理論《りろん》と、実際《じっさい》の核戦争《かくせんそう》とでは、まるっきりちがっていたということだ。げんに地上《ちじょう》の放射線量《ほうしゃせんりょう》は、三《さん》か月《げつ》たった今《いま》でも、すこしも減《へ》ってはいない。

ひにくなことに、シェルター内《ない》での、ぼくらの生存可能日数《せいぞんかのうにっすう》だけは、コンピューターは、毎日確実《まいにちかくじつ》な予測《よそく》をだしつづけている。

〝アト百六十日《ひゃくろくじゅうにち》、アト百五十九日《ひゃくごじゅうくにち》、アト百五十八日《ひゃくごじゅうはちにち》……〟

「あなた、どうするつもりなのよ。あなたは、一《いっ》か月《げつ》で地上《ちじょう》にもどれるとおっしゃったのよ。それなのに……」

ママがヒステリー*になるのは無理《むり》もないと思《おも》う。こんな地下《ちか》のせまい部屋《へや》に、三《さん》か月《げつ》もとじこめられていれば、だれだっておかしくなってし

ヒステリー　かんしゃく。神経症《しんけいしょう》。

まう。

食《た》べるものといえば、もさもさした保存食《ほぞんしょく》ばかり。さいわい水《みず》だけは、特製《とくせい》の還元装置《かんげんそうち》があるから、トイレだってシャワーだって、使《つか》えるけれど、それでも三《さん》か月《げつ》はあまりにも長《なが》すぎた。

「死《し》にましょう。ね、みんなで死《し》にましょう」

きょう、ママが、はじめてそれを口《くち》にした。

「生《い》きてたって、しょうがないじゃないの。放射能《ほうしゃのう》はすこしも減《へ》らないし……。もう、だれも生《い》きちゃあいないわよ」

そして、パパがこたえた。

「死《し》にたければ、ひとりで死《し》ねばいいさ。そうすれば、ここの生存可能《せいぞんかのう》日数《にっすう》がすこしふえるからね」

あとは、いつものとおり、すさまじいけんかになった。

地上《ちじょう》にいたころ、パパとママは仲《なか》がよくて、けんかなんて、いちどもしたことがなかった。ここにはいってから、ふたりとも別人《べつじん》になってしまったみたいだ。もしかしたら、ぼく自身《じしん》もかわってしまったのかもしれない。

なんていうか、どんなことが起《お》こっても、悲《かな》しいとか、こわいとか、思《おも》わなくなったし、うれしいと感《かん》じることもなかった。

シェルターには、部屋《へや》はふたつしかない。ベッドやキッチンのある居《きょ》住室《じゅうしつ》と、コンピューターや無線機《むせんき》のおいてある作業室《さぎょうしつ》だ。パパとママがけんかをはじめると、ぼくは作業室《さぎょうしつ》にいくことにしていた。いや、近《ちか》ごろでは、一日《いちにち》のうち、作業室《さぎょうしつ》にひとりでいるほうがおおい。コンピューターや無線機《むせんき》をいじったり、本《ほん》を読《よ》んですごすのだ。本《ほん》は、十冊《じっさつ》くらい持《も》ってきていた。いま読《よ》んでいるのは『人類《じんるい》の歴史《れきし》』という、かなり厚《あつ》い本《ほん》だった。

これまで、本《ほん》なんてあまり読《よ》んだことがなかったのが、ここで生活《せいかつ》するようになってから、よく本《ほん》を読《よ》むようになった。

人間《にんげん》が地上《ちじょう》にあらわれたのは、およそ五百万年前《ごひゃくまんねんまえ》のことだという。もちろんそのころの人間《にんげん》は、サルに毛《け》のはえた、いや、サルからすこしばかり毛《け》を抜《ぬ》いたていどの連中《れんちゅう》で、猿人《えんじん》とよばれている。それでも道具《どうぐ》を使《つか》うことや、作《つく》ることを知《し》っていた。

それから四百八十五万年《よんひゃくはちじゅうごまんねん》、今《いま》から十五万年《じゅうごまんねん》ほど前《まえ》に、ようやく現代《げんだい》人《じん》の先祖《せんぞ》がアフリカに出現《しゅつげん》する。

オーストリアで、三万年前《さんまんねんまえ》の人間《にんげん》の作《つく》った石灰岩《せっかいがん》の女神像《めがみぞう》が発見《はっけん》されたそうだ。ページのすみに写真《しゃしん》が載《の》っていた。まるまるとふとった人《にん》形《ぎょう》だった。これをこしらえた人間《にんげん》の子孫《しそん》たちが、三万年後《さんまんねんご》に地球《ちきゅう》をめちゃくちゃにしてしまったわけだ。

ぼくは、子《こ》どもの作《つく》った粘土細工《ねんどざいく》みたいな人形《にんぎょう》を、ぼんやりとながめる。

紀元前一万年《きげんぜんいちまんねん》になると、農耕《のうこう》が発生《はっせい》する。大麦《おおむぎ》、小麦《こむぎ》、そして米《こめ》が、ひとの手《て》によって栽培《さいばい》されるようになったのだ。人間《にんげん》は、やっとこさ自分《じぶん》の手《て》で食物《しょくもつ》を生産《せいさん》しはじめる。人類《じんるい》が地上《ちじょう》にあらわれて、四百九十九万年《よんひゃくきゅうじゅうきゅうまんねん》もの時間《じかん》をかけて……。

4

ママが病気《びょうき》になった。
二、三日前《さんにちまえ》からお腹《なか》の調子《ちょうし》が悪《わる》くて、下痢《げり》していたのが、けさ、ベッドから起《お》きあがったとたん、めまいを起《お》こしてたおれてしまった。熱《ねつ》が三十九度《さんじゅうくど》を越《こ》していた。
「食中毒《しょくちゅうどく》かな。保存食《ほぞんしょく》のどれか、いたんでるのがあるかもしれない」

パパが、ぼくを作業室《さぎょうしつ》に連《つ》れていった。そして声《こえ》を落《お》としていった。

「すまないが、無線《むせん》でだれかをよんでくれないか。できたら放射線《ほうしゃせん》の専《せん》門医《もんい》がいい。ママの病状《びょうじょう》をできるだけくわしく話《はな》すんだ。パパは、シェルターの放射線《ほうしゃせん》をチェックするから」

「放射線《ほうしゃせん》……？」

「ママの病気《びょうき》、もしかしたら放射能《ほうしゃのう》の影響《えいきょう》じゃないかと思《おも》うんだ」

「あのね、パパ」

ぼくも声《こえ》を低《ひく》くした。

「無線《むせん》でよんでも、だれも出《で》ないと思《おも》うよ」

パパが、ぼくを見《み》すえた。

「送信《そうしん》したことが、あるんだな。いつのことだ」

「十日前《とおかまえ》くらいからかなあ」

パパは目《め》をとじて、大《おお》きな息《いき》をした。

「そうか……。ともかくやってみてくれ」

パパは、携帯用《けいたいよう》の測定器《そくていき》を肩《かた》にかけると、床《ゆか》のすみにある倉庫《そうこ》のハッチ*をあけて、なかにもぐりこんでいった。

ぼくは、無線機《むせんき》の前《まえ》にすわりこむと、スイッチをいれる。しかし、結果《けっか》はいつもとおなじだった。

ママの病気《びょうき》は日《ひ》ましに悪《わる》くなってきた。食《た》べ物《もの》を口《くち》にすると、すぐにもどしてしまう。からだのあちこちに紫色《むらさきいろ》の斑点《はんてん》が出《で》はじめた。

ある朝《あさ》、ママが悲鳴《ひめい》をあげた。まくらもとに髪《かみ》の毛《け》のへばりついたヘアブラシがころがっていた。

「あなた、髪《かみ》の毛《け》がこんなに……。ねえ、もしかしたら、わたし……？」

「熱《ねつ》のせいだよ。熱《ねつ》のせいで、髪《かみ》が抜《ぬ》けたのさ。ほら、フィルムバッジだって、ぜんぜん変化《へんか》ないだろう」

パパが上着《うわぎ》の胸《むね》につけている放射線感知《ほうしゃせんかんち》のバッジを示《しめ》す。このバッジ

ハッチ　船《ふね》や航空機《こうくうき》などの上《あ》げぶたのついた昇降口《しょうこうぐち》。

は空気中《くうきちゅう》の放射線《ほうしゃせん》の濃度《のうど》で変色《へんしょく》するのだ。

「でも……」

ママがベッドのなかからやせた腕《うで》をのばした。パパがその手《て》をにぎりしめる。

「かりに、そうだとしたら、いずれ、わたしも一彦《かずひこ》も、おなじようになるさ」

六月五日《ろくがついつか》、シェルターにはいって九十六日《きゅうじゅうろくにち》め、ママが死《し》んだ。口《くち》と鼻《はな》から、いっぱい血《ち》をはいていた。

ママの死体《したい》は毛布《もうふ》にくるんで作業室《さぎょうしつ》のすみにねかせた。ママが死《し》ぬと、コンピューターのシェルター内《ない》での生存可能日数《せいぞんかのうにっすう》が、二十日《はつか》ばかりふえた。

「機械《きかい》というものは、どんなときでも冷静《れいせい》なものだね」

パパがつぶやくようにいった。そのパパも、二日《ふつか》たった朝《あさ》、高熱《こうねつ》をだして動《うご》けなくなった。からだのあちこちに、ママとおなじような紫色《むらさきいろ》の斑点《はんてん》が出《で》ていた。

「今《いま》までいわなかったけれど、飲料水《いんりょうすい》が汚染《おせん》されているんだ。かなりの放射能《ほうしゃのう》をおびている。原因《げんいん》はわからない。もしかしたら、タンクかパイプに亀裂《きれつ》ができて、外《そと》の放射性物質《ほうしゃせいぶっしつ》が混入《こんにゅう》してるのかもしれない」

「じゃあ……」

パパが小《ちい》さくうなずいた。

「シェルターといっても、完璧《かんぺき》じゃない。せいぜい二《に》か月《げつ》くらいの耐《たい》久性《きゅうせい》しか考《かんが》えてないのかもしれないね。いや、核戦争《かくせんそう》を起《お》こしておいて、そのうえ生《い》きのころうと考《かんが》えていたことじたい、まちがっていたのかもしれないな」

パパは、よわよわしく笑《わら》ってみせた。そして、

「パパが死《し》んだら、ここを出《で》てもいいよ。どうせ、ここにいてもパパと

おなじようになるだけだからな」

パパは、からだじゅうが痛《いた》いといって苦《くる》しみつづけた。しかし、ぼくにはどうしようもなかった。ぼくも、きのうからからだのぐあいがよくない。みょうにだるくて、胸《むね》のあたりがむかむかする。

ぼくは終日《しゅうじつ》ベッドのなかで『人類《じんるい》の歴史《れきし》』を読《よ》んですごした。紀元前五千年《きげんぜんごせんねん》、ティグリス川《がわ》とユーフラテス川《がわ》のあいだに、人類最初《じんるいさいしょ》の文明社会《ぶんめいしゃかい》が形成《けいせい》される。メソポタミア文明《ぶんめい》のはじまりだ。そして、文明《ぶんめい》の火《ひ》は、世界各地《せかいかくち》で燃《も》えあがる。エジプトで、インドで、そして中国《ちゅうごく》で……。

三日《みっか》めに、パパも死《し》んだ。

5

パパの死体《したい》は、毛布《もうふ》でくるんだまま、ベッドにねかしておいた。もう、ぼくには、パパのからだを作業室《さぎょうしつ》にはこぶだけの力《ちから》がなかった。

パパが死《し》んだ朝《あさ》、ぼくは久《ひさ》しぶりに無線機《むせんき》の前《まえ》にすわった。部屋《へや》のすみのママのからだから、なんともいえぬ臭気《しゅうき》がたちのぼり、ぼくはなんどもはいた。それでも、ぼくはマイクにむかって語《かた》りつづけた。

「シー・キュウ、シー・キュウ。こちらJA4QX、JA4QX。日本《にほん》国《こく》の山本一彦《やまもとかずひこ》です。けさ、父《ちち》が死《し》にました。母《はは》も、五日前《いつかまえ》に亡《な》くなりました。ぼくも、あとすこしすれば、死《し》ぬでしょう。どうか、おねがいします。どなたか、応答《おうとう》してください」

ふいに、ノイズのかなたから、かぼそい声《こえ》がもどってきた。

「もし、もし、きこえますか。もし、もし、きこえますか」

「きこえます。そちらの周波数《しゅうはすう》を教《おし》えてください。どうぞ――」

「あの、もし、もし。あたし、無線機《むせんき》のことよく知《し》らないんです。この機械《きかい》、あたしのじゃないの」

ぼくは、むちゅうでダイヤルを調整《ちょうせい》した。日本人《にほんじん》の声《こえ》だ。それもまだ幼《おさな》い女《おんな》の子《こ》らしい。

「ぼくの名《な》は、山本一彦《やまもとかずひこ》です。A市《し》に住《す》んでいます。きみの名《な》を教《おし》えてください。どうぞ――」

「あたしは、クボタミユキ。Y市《し》の地下鉄《ちかてつ》のトンネルのなかにいるの。パパもママもいたけど、ずっと前《まえ》に死《し》んだんです。ほかにも、いっぱいいたの。でも、もう、だれもいません」

「Y市《し》だね。地下鉄《ちかてつ》のトンネルは、どのへんにあるの。駅《えき》の名前《なまえ》は?」

「わかんない。暗《くら》いの。すごく、暗《くら》くて……。おねがい、すぐ、きてくださーい。あたし、もう、すぐ、死《し》ぬんでしょ。助《たす》けて、助《たす》けて、助《たす》けて……」

女《おんな》の子《こ》の声《こえ》が遠《とお》のき、激《はげ》しいノイズが頭《あたま》のしんにひびく。ぼくはひっしでダイヤルをまわした。しかし、女《おんな》の子《こ》の声《こえ》は、それっきりとだえてしまった。

いつのまにか、ぼくは、泣《な》いていた。泣《な》きながら、マイクにむかってよびかけていた。

どれくらいたったろうか。ぼくは、無線機《むせんき》のスイッチを切《き》って立《た》ちあがる。それからロッカーのなかからリュックサックを取《と》りだして、食料《しょくりょう》と水《みず》をつめる。

Y市《し》といえば、ここから約八百《やくはっぴゃっ》キロはなれている。でも、ぼくはどうしてもY市《し》までいきたかった。

コンピューターのスイッチをいれて、地上《ちじょう》の放射線量《ほうしゃせんりょう》を確認《かくにん》した。

九《きゅう》・四《よん》*シーベルト。百《ひゃく》パーセント致死量《ちしりょう》をかなり上《うわ》まわっている。ただ生存限界日数《せいぞんげんかいにっすう》が一《いち》から十四《じゅうよん》と出《で》ていた。運《うん》がよければ、十四日間《じゅうよっかかん》は生《い》きていられるということだ。

ぼくは、パパとママに最後《さいご》のお別《わか》れをすると、シェルターの入《い》り口《ぐち》のロックをはずした。厚《あつ》い鉛《なまり》のドアをくぐると、円筒形《えんとうけい》のパイプの底《そこ》に立《た》つ。地上《ちじょう》の出口《でぐち》までのはしごが、なんとも長《なが》く感《かん》じられた。

出口《でぐち》のハッチは、手《て》であけなくてはならない。なんども休《やす》みながら、やっとハッチをはねあげた。

目《め》の前《まえ》に、葉《は》を落《お》とした木立《こだ》ちがあった。見《み》わたすかぎり、赤褐色《せっかっしょく》の世界《せかい》がひろがる。空《そら》はどんよりとした雲《くも》におおわれ、雲《くも》の切《き》れめから、赤茶色《あかちゃいろ》の太陽《たいよう》が見《み》えた。太陽《たいよう》は、まるで輝《かがや》きをうしない、じっと見《み》つめていてもすこしもまぶしくなかった。

六月中旬《ろくがつちゅうじゅん》というのに、身《み》ぶるいするほど寒《さむ》い。それに、なぜ、こん

シーベルト　放射線被曝《ほうしゃせんひばく》の影響《えいきょう》を示《しめ》す国際単位《こくさいたんい》。

な夕暮《ゆうぐ》れみたいに暗《くら》いのだろう。

ぼくの家《いえ》は、ほとんどこわれていなかった。ただ、灰《はい》のようなものがいちめんにこびりついていた。

ぼくは、ふと思《おも》いついてガレージ*のほうに歩《ある》いていった。シャッターをあけると、パパの車《くるま》があった。運転席《うんてんせき》にすべりこむと、エンジンキーをまわす。三《さん》か月《げつ》以上《いじょう》も動《うご》かさなかったというのに、エンジンは一発《いっぱつ》で始動《しどう》した。

運転《うんてん》のやりかたは知《し》っている。パパのいないとき、こっそり前庭《ぜんてい》で走《はし》らせたことがあるのだ。ただ、道路《どうろ》に出《で》るのは、きょうがはじめてだ。そして、たぶん、最後《さいご》になるだろう。

エンジンの音《おと》をきいていると、なんだか元気《げんき》がわいてきた。ぼくは、たてつづけにクラクションを鳴《な》らす。クラクションのするどい音《おと》が、無《む》音《おん》の世界《せかい》にこだまして消《き》える。

ガレージ　自動車《じどうしゃ》の車庫《しゃこ》。

ウインドウォッシャーと、ワイパーを使《つか》って、フロントガラスにうすく積《つ》もった灰《はい》をぬぐうと、ぼくは*オートクラッチのレバーを〝D〟にいれて、ゆっくりアクセルをふんだ。自動車《じどうしゃ》は、ゆるやかに動《うご》きだした。

国道《こくどう》に出《で》ると、道《みち》のあちこちに自動車《じどうしゃ》がとまっていた。車《くるま》のなかや外《そと》には、かならずひとが死《し》んでいた。銃《じゅう》をにぎった自衛隊員《じえいたいいん》、小《ちい》さな子《こ》どもをだいた女《おんな》のひとの死体《したい》もあった。

ふしぎなことに、こんなに死体《したい》がころがっていても、べつにいやなにおいはしなかった。

もしかしたら腐敗《ふはい》をうながす*バクテリアも死滅《しめつ》したのかもしれない。死体《したい》の上《うえ》にも茶褐色《ちゃかっしょく》の灰《はい》がびっしり積《つ》もっていた。

このあたりは、核爆発地点《かくばくはつちてん》からはなれているせいか、建物《たてもの》もほとんど無傷《むきず》のまま残《のこ》っている。たまに焼《や》けあとのつづく地域《ちいき》があった。なにかのはずみで火事《かじ》になったのだろう。まるで動《うご》くもののない死《し》の町《まち》が、ど

オートクラッチのレバー　車《くるま》を運転《うんてん》する際《さい》に、車《くるま》の動力《どうりょく》を操作《そうさ》するためのレバー。レバーをDに入《い》れると前進《ぜんしん》できる。

バクテリア　細菌《さいきん》。

こまでもつづく。Y市《し》は八百《はっぴゃっ》キロのかなただ。

ぼくは、無意識《むいしき》のうちに、ラジオのスイッチをさがしていた。とつぜん、あまいメロディーが車内《しゃない》に流《なが》れだして、思《おも》わずブレーキをふんでしまった。ラジオの下《した》にあるカセットボタンをおしたのだと気《き》づくのに、すこしひまがかかった。

パパの好《す》きな外国《がいこく》の女性《じょせい》シンガーのうたう声《こえ》が、心《こころ》のなかにしみいるようにきこえてきた。

Why does the sun go on shining
Why does the sea rush to shore
Don't they know it's the end of the world
Cause you don't love me any more

パパが子《こ》どものころ聴《き》いた歌《うた》だそうだ。題名《だいめい》*も知《し》らないこの曲《きょく》を、ぼくは、いつのまにか口笛《くちぶえ》でなぞっていた。

Y市《し》まで、きっといける。そして、あの少女《しょうじょ》に会《あ》おう。

雨《あめ》が降《ふ》りはじめたのか、フロントガラスに水滴《すいてき》が黒《くろ》いしみをつくりはじめていた。

題名《だいめい》も知《し》らないこの曲《きょく》　アメリカの女《じょ》性《せい》カントリー歌手《かしゅ》スキータ・デイヴィスが歌う、1962年に発売《はつばい》され、1963年《ねん》にヒットした「The End of the World」。作曲《さっきょく》はアーサー・ケント、作詞《さくし》はシルビア・ディー。

編者解説《へんじゃかいせつ》　「はげまし」のありか

宮川健郎《みやかわたけお》

「町《まち》はずれをいく、いなかびたひとすじの流《なが》れだけれど、その川《かわ》はすずしい音《おと》をたてて、さらさらとやすまず流《なが》れている。」――「川《かわ》とノリオ」（いぬいとみこ）の書《か》き出《だ》しです。

かあちゃんの生《う》まれるもっとまえ、いや、じいちゃんの生《う》まれるもっとまえから、川《かわ》はいっときのたえまもなく、この音《おと》をひびかせてきたのだろう。山《やま》の中《なか》できくせせらぎのような、なつかしい、むかしながらの川《かわ》の声《こえ》を――

幼《おさな》いノリオは、さまざまな季節《きせつ》のなかで、この川《かわ》の声《こえ》を聞《き》きながら育《そだ》ちます。そのあいだに、かあちゃんをヒロシマで、とうちゃんを戦地《せんち》でうしなうのですが。じいちゃんと、ふたりきりになったノリオは、もう小学二年生《しょうがくにねんせい》で、ヤギにやる、ほし草《くさ》かりが仕事《しごと》です。

ノリオは、かまをまたつかいだす。

サクッ、サクッ、サクッ、かあちゃんかえれ。

サクッ、サクッ、サクッ、かあちゃんかえれよう。

このときも、川《かわ》は、ざあざあと音《おと》をまし、日《ひ》の光《ひかり》を照《て》り返《かえ》しながら流《なが》れつづけます。母《はは》も父《ちち》も亡《な》くしたノリオは、それでも生《い》きていかなければなりません。そのノリオにとって、流《なが》れつづける川《かわ》は大《おお》きなはげましです。

ノリオは、ヒロシマに行《い》ったかあちゃんを一日中《いちにちじゅう》待《ま》ちましたが、とうとう戻《もど》りません。八月六日《はちがつむいか》、ヒロシマに原爆《げんばく》が投下《とうか》された日《ひ》です。**「未帰還《みきかん》の友《とも》に」（太宰治《だざいおさむ》）**の物資《ぶっし》がとぼしくなった戦時中《せんじちゅう》でも何《なん》とかして酒《さけ》を飲《の》もうとする「僕《ぼく》」が待《ま》ちつづけているのは、南方《なんぽう》の戦場《せんじょう》に行《い》った、年《とし》の若《わか》い友人《ゆうじん》の「君《きみ》」です。戦地《せんち》にむかう「君《きみ》」から、思《おも》いをよせてくれた女性《じょせい》に「ノオ」という手紙《てがみ》を出《だ》したと聞《き》いた「僕《ぼく》」は、「君《きみ》」の帰還《きかん》の知《し》らせを待《ま》っています。――「君《きみ》たち全部《ぜんぶ》が元気《げんき》で帰還《きかん》しないうちは、僕《ぼく》は酒《さけ》を飲《の》んでも、まるで酔《よ》えない気持《きもち》である。」

日中戦争《にっちゅうせんそう》・太平洋戦争《たいへいようせんそう》における日本《にほん》の戦没者《せんぼつしゃ》は、おびただしい数《かず》にのぼり、三百万人《さんびゃくまんにん》以上《いじょう》ともいわれます。詩《し》**「立棺《りっかん》」（田村隆一《たむらりゅういち》）**は、「わたしの屍体《したい》に手《て》を触《ふ》れるな」と語《かた》り出《だ》されます。この「わたし」は、戦没者《せんぼつしゃ》のひとりのようです。――「わたしの屍体《したい》を地《ち》に寝《ね》かすな／おまえたちの死《し》は／地《ち》に休《やす》むことができない／わたしの屍体《したい》は／立棺《りっかん》のなかにおさめて／直立《ちょくりつ》させよ」「わたし」は、「おまえたちの死《し》は」と客観視《きゃっかんし》して語《かた》りますが、戦争《せんそう》で亡《な》くなった死《し》は、寿命《じゅみょう》がつきて亡《な》くなる自然《しぜん》な死《し》などとちがって、地《ち》に寝《ね》かせて、土《つち》に還《かえ》すことができないというのです。戦争《せんそう》は、「文明《ぶんめい》」が引《ひ》き起《お》こしたものだからです。

ヒロシマでは、**「ヒロシマの歌《うた》」（今西祐行《いまにしすけゆき》）**の海軍《かいぐん》の兵士《へいし》だった「わたし」のように、原爆投下後《げんばくとうかご》に広島市《ひろしまし》に入《はい》った人《ひと》もふくめて、五十六万人《ごじゅうろくまんにん》が被爆《ひばく》したといわれます。「ヒロシマの歌《うた》」の「わたし」は、被爆《ひばく》して亡《な》くなった母親《ははおや》がだいていた赤《あか》んぼうを、もぎ取《と》る

ように して助《たす》けます。物語《ものがたり》は、息《いき》を引《ひ》き取《と》る前《まえ》の母親《ははおや》が「ミーちゃん」「ミ子《こ》ちゃん」と呼《よ》んでいた赤《あか》んぼうのその後《ご》を語《かた》ります。「わたし」が赤《あか》んぼうをあずけた通《とお》りすがりの夫婦《ふうふ》が、彼《かれ》らが原爆《げんばく》で亡《な》くした赤《あか》んぼう「ヒロ子」の生《う》まれかわりとして育《そだ》てたのです。死《し》んでいく母親《ははおや》と泣《な》いている赤《あか》んぼうへの「わたし」の切実《せつじつ》な思《おも》いと、夫婦《ふうふ》の愛情《あいじょう》にはげまされて、「ミ子」＝「ヒロ子」は大《おお》きくなったにちがいありませんが、彼女《かのじょ》の成長《せいちょう》は、「わたし」たちに希望《きぼう》をあたえてくれます。

「ヒロシマの歌《うた》」は、戦火《せんか》のあとの長《なが》い時間《じかん》を描《えが》いています。**「カプリンスキー氏《し》」（遠藤《えんどう》周作《しゅうさく》）**の「私《わたし》」がポーランドの町《まち》で出会《であ》った作家《さっか》は、ナチスの強制収容所《きょうせいしゅうようじょ》から生還《せいかん》した人《ひと》でした。**「すずかけ通《どお》り三丁目《さんちょうめ》」（あまんきみこ）**の松井《まつい》さんのタクシーがのせたのは、二十二年前《にじゅうにねんまえ》、空襲《くうしゅう》でふたごの男《おとこ》の子《こ》をうしなった女《おんな》の人《ひと》でした。「むすこたちは何年《なんねん》たっても三《さん》さいなのです。母《はは》おやのわたしだけが、年《とし》をとっていきます。」という女《おんな》の人《ひと》も、カプリンスキー氏《し》も、戦火《せんか》のあとをずっと生《い》きてきたのです。

「あにい」（今江祥智《いまえよしとも》）の朝子《あさこ》は、かあさんの寝言《ねごと》を耳《みみ》にします。――「――あにい、星《ほし》が出《で》たぜ、やばいよ。」朝子《あさこ》は、寝言《ねごと》のなぞを解《と》こうとして、やがて、かあさんとうさんの敗戦後《はいせんご》の体験《たいけん》を知《し》ることになります。

「空罐《あきかん》」(林京子《はやしきょうこ》)は、長崎《ながさき》で被爆《ひばく》した女学校《じょがっこう》の生徒《せいと》たちが三十年後《さんじゅうねんご》に母校《ぼこう》をたずねる物語《ものがたり》です。会話《かいわ》のなかで、彼女《かのじょ》たちのその後《ご》の人生《じんせい》が明《あき》らかになっていきます。ひとりが、こんなことをいいます。──「予定《よてい》が組《く》まれたら進《すす》まなきゃならない、それが生《い》きるってことじゃない、たとえ病気《びょうき》であってもよ」病気《びょうき》というのは、彼女《かのじょ》たちがおそれている原《げん》爆症《ばくしょう》です。

ことし(二〇二五年《ねん》)は、日本《にほん》では「戦後八十年《せんごはちじゅうねん》」といわれています。それでも、「戦《せん》後八十年《ごはちじゅうねん》」も、やはり、「戦火《せんか》のあと」だと考《かんが》えられます。このシリーズの読者《どくしゃ》になってくださったあなたの、おじいさん、おばあさん、ひいおじいさん、ひいおばあさんとたどっていくと、かならず戦争《せんそう》を体験《たいけん》した人《ひと》にぶつかるはずです。戦争《せんそう》で亡《な》くなった人《ひと》もいるかもしれません。わたしたちは、そうした人《ひと》たちの命《いのち》のつづきを生《い》きているのです。

日本《にほん》の「戦後八十年《せんごはちじゅうねん》」のあいだにも、世界《せかい》では、あちこちで戦火《せんか》があがり、現在《げんざい》も争《あらそ》いはなくなりません。それは、戦争《せんそう》にとりかこまれ、あたかも「戦争《せんそう》がわたしたちを見《み》つめている」かのような状況《じょうきょう》です。

近未来《きんみらい》を描《えが》いたSF的《てき》な作品《さくひん》「The End of the World」（那須正幹《なすまさもと》）には、核戦争後《かくせんそうご》の世界《せかい》が広《ひろ》がります。主人公《しゅじんこう》の少年《しょうねん》は、シェルターの無線機《むせんき》にとびこんできた幼《おさな》い女《おんな》の子《こ》の「助《たす》けて」という声《こえ》にこたえて、パパが残《のこ》した車《くるま》を発進《はっしん》させます。車《くるま》には、あなたの愛《あい》をうしなったとき、世界《せかい》は終《お》わるという歌《うた》が流《なが》れますが、物語《ものがたり》は、世界《せかい》の終《お》わりに生《う》まれた愛《あい》を描《えが》きます。

わたしたちは、戦火《せんか》のあとを生《い》きた人《ひと》たちの物語《ものがたり》にはげまされて、ようやく戦争《せんそう》を見《み》つめ返《かえ》そうとするのです。

著者《ちょしゃ》プロフィール（収録順《しゅうろくじゅん》）

いぬいとみこ

（一九二四〜二〇〇二）東京都《とうきょうと》生《う》まれ。日本女子大学校国文学部《にほんじょしだいがっこうこくぶんがくぶ》中退《ちゅうたい》。京都平安女学院専攻部保育科卒《きょうとへいあんじょがくいんせんこうぶほいくかそつ》。一九五〇年《ねん》から一九七〇年《ねん》まで、岩波書店《いわなみしょてん》の児童書編集者《じどうしょへんしゅうしゃ》。同人誌《どうじんし》「豆《まめ》の木《き》」「麦《むぎ》」「いたどり」を経《へ》て、一九五四年《ねん》、「ツグミ」で児童文学者協会新人賞《じどうぶんがくしゃきょうかいしんじんしょう》を受賞《じゅしょう》し、作家《さっか》となる。代表作《だいひょうさく》に『ながいながいペンギンの話《はなし》』（毎日出版文化賞《まいにちしゅっぱんぶんかしょう》）、『北極《ほっきょく》のムーシカミーシカ』（国際《こくさい》アンデルセン賞佳作賞《しょうかさくしょう》）、『木《こ》かげの家《いえ》の小人《こびと》たち』（国際《こくさい》アンデルセン賞国内賞《しょうこくないしょう》）、『うみねこの空《そら》』（野間児童文芸賞《のまじどうぶんげいしょう》）、『くらやみの谷《たに》の小人《こびと》たち』『ふうことどんどやき』などがある。

太宰治《だざいおさむ》

（一九〇九〜一九四八）青森県生《あおもりけんう》まれ。東京帝国大学文学部仏文科中退《とうきょうていこくだいがくぶんがくぶふつぶんかちゅうたい》。在学中《ざいがくちゅう》、左翼《さよく》の非合法運動《ひごうほううんどう》に関係《かんけい》するが、やがて離脱《りだつ》。一九三五年《ねん》、『逆行《ぎゃっこう》』が、第一回芥川賞《だいいっかいあくたがわしょう》の次席《じせき》となり、翌年《よくねん》、第一創作集《だいいちそうさくしゅう》『晩年《ばんねん》』を刊行《かんこう》。この頃《ころ》、パビナール中毒《ちゅうどく》に悩《なや》む。一九三九年《ねん》、井伏鱒二《いぶせますじ》の世話《せわ》で石原美知子《いしはらみちこ》と結婚《けっこん》。『富嶽百景《ふがくひゃっけい》』など多《おお》くの佳作《かさく》を書《か》く。戦後《せんご》、『斜陽《しゃよう》』などで流行作家《りゅうこうさっか》となるが、『人間失格《にんげんしっかく》』を残《のこ》し山崎富栄《やまざきとみえ》と玉川上水《たまがわじょうすい》で入水自殺《じゅすいじさつ》。

田村隆一《たむらりゅういち》

（一九二三〜一九九八）東京都《とうきょうと》生《う》まれ。明治大学文芸科卒《めいじだいがくぶんげいかそつ》。第二次大戦後《だいにじたいせんご》、鮎川信夫《あゆかわのぶお》らと「荒地《あれち》」を創刊《そうかん》。戦後詩《せんごし》の旗手《きしゅ》として活躍《かつやく》。主《おも》な作品《さくひん》に、詩集《ししゅう》『言葉《ことば》のない世界《せかい》』（高村光太郎賞《たかむらこうたろうしょう》）、『詩集《ししゅう》１９４６〜１９７６』（無限賞《むげんしょう》）、『奴隷《どれい》の歓《よろこ》び』（読売文学賞《よみうりぶんがくしょう》）、『ハミングバード』（現代詩人賞《げんだいしじんしょう》）などがある。推理小説《すいりしょうせつ》の紹介《しょうかい》・翻訳《ほんやく》でも知《し》られる。

今西祐行《いまにしすけゆき》

（一九二三〜二〇〇四）大阪府《おおさかふ》生《う》まれ。早稲田大学仏文《わせだだいがくふつぶん》

科卒《かそつ》。主《おも》な作品《さくひん》に、『ハコちゃん』『そらのひつじかい』『ゆみ子《こ》とつばめのおはか』『肥後《ひご》の石工《いしく》』（国際《こくさい》アンデルセン賞国内賞《しょうこくないしょう》・日本児童文学者協会賞他《にほんじどうぶんがくしゃきょうかいしょうほか》）、『浦上《うらかみ》の旅人《たびびと》たち』（野間児童文芸賞《のまじどうぶんげいしょう》）、『光《ひかり》と風《かぜ》と雲《くも》と樹《き》と』（小学館《しょうがくかん》文学賞《ぶんがくしょう》）、『すみれ島《じま》』などがある。

遠藤周作《えんどうしゅうさく》

（一九二三〜一九九六）東京都《とうきょうと》生《う》まれ。慶応義塾大学《けいおうぎじゅくだいがく》仏文科卒《ふつぶんかそつ》。幼年期《ようねんき》を旧満州大連《きゅうまんしゅうだいれん》で過《す》ごし、神戸《こうべ》に帰国《きこく》後《ご》、十二歳《じゅうにさい》でカトリックの洗礼《せんれい》を受《う》ける。フランス留学《りゅうがく》を経《へ》て、一九五五年《ねん》『白《しろ》い人《ひと》』で芥川賞《あくたがわしょう》を受賞《じゅしょう》。一貫《いっかん》して日本《にほん》の精神風土《せいしんふうど》とキリスト教《きょう》の問題《もんだい》を追究《ついきゅう》する一方《いっぽう》、ユーモア作品《さくひん》、歴史小説《れきししょうせつ》も多数《たすう》ある。主《おも》な作品《さくひん》に、『海《うみ》と毒薬《どくやく》』『沈黙《ちんもく》』『イエスの生涯《しょうがい》』『侍《さむらい》』『スキャンダル』などがある。一九九五年《ねん》、文化勲章受章《ぶんかくんしょうじゅしょう》。

あまんきみこ

（一九三一〜）旧満州《きゅうまんしゅう》（中国東北部《ちゅうごくとうほくぶ》）生《う》まれ。日本女子《にほんじょし》大学児童学科通信教育部卒《だいがくじどうがっかつうしんきょういくぶそつ》。一九六八年《ねん》に『車《くるま》のいろは空《そら》のいろ』で第一回日本児童文学者協会新人賞《だいいっかいにほんじどうぶんがくしゃきょうかいしんじんしょう》・第《だい》六回野間児童文芸賞推奨作品賞《ろっかいのまじどうぶんげいしょうすいしょうさくひんしょう》を受賞《じゅしょう》。以来《いらい》、『おにたのぼうし』『おかあさんの目《め》』『ちいちゃんのかげおくり』『七《なな》つのぽけっと』『おっこちゃんとタンタンうさぎ』ほか多数《たすう》の作品《さくひん》を発表《はっぴょう》。日本《にほん》の風土《ふうど》に根《ね》ざしたあたたかい童話《どうわ》の世界《せかい》は、世代《せだい》をこえて読者《どくしゃ》の心《こころ》をとらえ読《よ》み継《つ》がれている。

今江祥智《いまえよしとも》

（一九三二〜二〇一五）大阪府《おおさかふ》生《う》まれ。同志社大学英《どうししゃだいがくえい》文科卒《ぶんかそつ》。中学教員《ちゅうがくきょういん》、編集者《へんしゅうしゃ》を経《へ》て作家活動《さっかかつどう》に入《はい》る。一九六〇年《ねん》に『山《やま》のむこうは青《あお》い海《うみ》だった』を刊行《かんこう》。一九六六年刊行《ねんかんこう》『海《うみ》の日曜日《にちようび》』で産経児童出版文化《さんけいじどうしゅっぱんぶんか》賞《しょう》、一九七三年刊行《ねんかんこう》『ぼんぼん』で日本児童文学者協《にほんじどうぶんがくしゃきょう》会賞《かいしょう》、一九七六年刊行《ねんかんこう》『兄貴《あにき》』で野間児童文芸賞《のまじどうぶんげいしょう》を受《じゅ》賞《しょう》。一九八一年《ねん》には児童文学誌《じどうぶんがくし》「飛《と》ぶ教室《きょうしつ》」を創刊《そうかん》。その他《た》の作品《さくひん》に『優《やさ》しさごっこ』『牧歌《ぼっか》』『写楽暗殺《しゃらくあんさつ》』『私《わたし》の彼氏《かれし》』などがある。

林《はやし》　京子《きょうこ》

（一九三〇～二〇一七）長崎県生《ながさきけんう》まれ。長崎医科大学附属《ながさきいかだいがくふぞく》厚生女学部専科中退《こうせいじょがくぶせんかちゅうたい》。一九四五年《ねん》に長崎市内《ながさきしない》の大橋《おおはし》にある三菱兵器工場《みつびしへいきこうじょう》に学徒動員中《がくとどういんちゅう》に被爆《ひばく》。爆心地《ばくしんち》に近《ちか》かったが奇跡的《きせきてき》に助《たす》かる。一九六三年《ねん》に被爆者手帳《ひばくしゃてちょう》を受《う》ける。その体験《たいけん》を書《か》きつづった『祭《まつ》りの場《ば》』で第十八回群像新人文学賞《だいじゅうはっかいぐんぞうしんじんぶんがくしょう》、および第七十三回芥川賞受賞《だいななじゅうさんかいあくたがわしょうじゅしょう》。その後《ご》も被爆体験《ひばくたいけん》をもとにした作品《さくひん》を多数残《たすうのこ》した。

那須正幹《なすまさもと》

（一九四二～二〇二一）広島県生《ひろしまけんう》まれ。島根農科大学林学科卒《しまねのうかだいがくりんがっかそつ》。三歳《さんさい》の時《とき》に被爆《ひばく》。「ズッコケ三人組《さんにんぐみ》」シリーズで知《し》られ、みずからの被爆体験《ひばくたいけん》を踏《ふ》まえて戦争《せんそう》や原爆《げんばく》をテーマにした作品《さくひん》も多《おお》く手《て》がけた。主《おも》な作品《さくひん》に、『ぼくらの地図旅行《ちずりょこう》』（絵本《えほん》にっぽん賞《しょう》）、『ねんどの神《かみ》さま』、『さぎ師《し》たちの空《そら》』（路傍《ろぼう》の石文学賞《いしぶんがくしょう》）、『お江戸《えど》の百太郎《ひゃくたろう》乙松《おとまつ》、宙《ちゅう》に舞《ま》う』（日本児童文学者協会賞《にほんじどうぶんがくしゃきょうかいしょう》）、『ズッコケ三人組《さんにんぐみ》のバック・トゥ・ザ・フューチャー』（野間児童文芸賞《のまじどうぶんげいしょう》）、『ヨースケくん』、『絵《え》で読《よ》む広島《ひろしま》の原爆《げんばく》』、『ヒロシマ三部作《さんぶさく》』（日本児童文学者協会賞《にほんじどうぶんがくしゃきょうかいしょう》）など多数《たすう》。

初出／底本一覧

いぬいとみこ「川とノリオ」――『児童文学研究』6号　一九五二年一月　児童文学者協会新人会／『理論社名作の愛蔵版　川とノリオ』理論社

太宰治「未帰還の友に」――『潮流』第一巻第五号　一九四六年五月　吉田書房／『太宰治全集8』ちくま文庫

田村隆一「立棺」――『四千の日と夜　1945～1955』　一九五六年　東京創元社／『田村隆一全集　全6巻　1』河出書房新社

今西祐行「ヒロシマの歌」――『日本クオレ②　愛と真心の物語』一九六〇年一二月　小峰書店／『今西祐行全集　第六巻　ヒロシマの歌』偕成社

遠藤周作「カプリンスキー氏」――『野生時代』一九七八年四月号　角川書店／『遠藤周作文学全集　第八巻　短編小説Ⅲ』新潮社

あまんきみこ「すずかけ通り三丁目」――『びわの実学校』第二六号　一九六七年十二月　びわの実文庫／『新装版　あまんきみこの車のいろは空のいろ（1）　新装版　車のいろは空のいろ　白いぼうし』ポプラ社

今江祥智「あにい」――『ふたりのつむぎ唄』一九七六年　理論社／『戦争童話集』小学館文庫

林京子「空罐」――『群像』三月号　一九七七年　講談社／『林京子全集　第1巻　祭りの場　ギヤマン　ビードロ』日本図書センター

那須正幹「The End of the World」――『六年目のクラス会』一九八四年　ポプラ社／『ジ　エンド　オブ　ザ　ワールド』ポプラ文庫

＊本シリーズでは、右記の各書を底本とし、原文を尊重しつつ、十代の読者にとって少しでも読みやすいよう、文字表記をあらためました。

●ふりがなは、すべての漢字に付けています。原則として底本などに付けられているふりがなは、そのまま生かし、それ以外の漢字には編集部の判断でふりがなを付しました。

●作品の一部に、今日の人権意識に照らして不当・不適切と思われる表現・語句がふくまれていますが、発表当時の時代的背景と作品の文学的価値に鑑み、原文を尊重する立場からそのままにしました。

宮川健郎（みやかわ・たけお）
一九五五年東京都生まれ。児童文学研究者。立教大学文学部日本文学科卒。同大学院修了。宮城教育大学助教授等を経て、武蔵野大学名誉教授。一般財団法人 大阪国際児童文学振興財団理事長。著書に『国語教育と現代児童文学のあいだ』『現代児童文学の語るもの』『子どもの本のはるなつあきふゆ』『物語もっと深読み教室』など、編著に『日本の文学者54人の肖像（全3巻）』など多数。

今日マチ子（きょう・まちこ）
漫画家。東京都生まれ。東京藝術大学、セツ・モードセミナー卒。二〇〇五年に第一回「ほぼ日マンガ大賞」入選。二〇一〇年に『cocoon』、二〇一三年に『アノネ、』が文化庁メディア芸術祭「審査委員会推薦作品」に選出。二〇一四年に『みつあみの神様』で手塚治虫文化賞新生賞、二〇一五年に『いちご戦争』で日本漫画家協会賞大賞を受賞。その他の作品に『みかこさん』『かみまち　上・下巻』『すずめの学校1』など多数。連載中の作品に『おりずる』『すずめの学校』など。二〇二五年夏、『cocoon』がNHKでアニメ化予定。

装丁ー小沼宏之

戦争がわたしたちを見つめている
戦争文学セレクション
戦火のあとで

二〇二五年　三　月　初版第一刷発行

編　　宮川健郎
カバーイラスト　今日マチ子

発行者　三谷光
発行所　株式会社汐文社
〒102-0071
東京都千代田区富士見1-6-1
TEL　03-6862-5200
FAX　03-6862-5202
https://www.choubunsha.com
印　刷　新星社西川印刷株式会社
製　本　東京美術紙工協業組合
ISBN978-4-8113-3225-3
乱丁・落丁本はお取り替えいたします。